上海辭書出版社

老上海小百姓

戴敦邦 圖
沈寂 文

策　劃：唐克敏
責任編輯：楊柏偉
裝幀設計：江小鐸

爲「小百姓」說話

——代前言

「百姓」這個名詞，拆開來解釋：「百」是言其多。「姓」是有血緣關係的家族系統的稱號。古時候，「百姓」是少數貴族的總稱。到了戰國時代，貴族敗落，平民增多，形成一個巨大的群體和社會力量，「百姓」也就成爲千萬平民的通稱，包含衆多、同族又有合群的意義。「百姓」是舊時中國特有的對人民的崇高稱呼。普通平民爲自己冠有這稱號而感到自豪。

中國自古以來的社會結構，是以「百姓」爲基礎的農、工、商、學、兵。這五大群體是國家的支柱，也都是平民百姓。代代相傳，世世接替。他們爲了發展生産，繁榮社會，各行各業，分工分檔，組成三百六十行的宏大生産力量。有人也從文化意義上將三百六十行歸納爲「三教九流」：「道」、「佛」、「儒」三教，「九流」以社會地位分爲上、中、下，包括法家、文武舉子、醫師、術士、畫師、相士、農民、手藝工人、樂師、戲子、吹鼓手、攤販、脚夫、衙役以及娼妓、竊賊、乞丐等等。各門各派各説不一。江湖上還把一些行業（車、船、店、脚、樂、金、皮、利、掛、平、團、調、柳）歸爲「五花八門」的黑社會。

上海是中國最早也是最大的商業社會，洋人在此開闢租界，全國各地各處各行各業的精英，聞風集至，組建成一個足與世界商城媲美的國際大都市，我父親原是浙江農民，學過打鐵，後來到上海來當碼頭小工，發迹致富，成爲棉花商人。店鋪開在靠近西藏路的新聞路口。馬路狹窄，却行駛三路有軌電車，每天上、下車乘客數以千計，熱鬧非凡。新聞路上開滿各種店鋪：大觀園浴室、近水樓茶樓、老正興飯店、酒館、南貨店、照相店、糖食店、理髮店、專醫花柳病的醫室、香燭店、米店、醬園店、棺材店、烟紙店等等，凡普通百姓日常生活需要的吃食用品，應有盡有。附近長沙路有小菜場，還有上海赫赫有名的張聾聾診所，日夜車水馬龍，川流不息。中下層百姓，既是賣主，又是顧客。人行道擁擠不堪，喧鬧非凡。一條新聞路無異是商市雲集的老上海的小型縮影。

我家後門是有名的鴻福里。弄堂裏也開店舖，有包飯作、裁縫店，還有公開秘密的「燕子窩」。住戶更是雜亂：有生意人、掮客、窮教師、商店小職員、三流舞女、老工人、末路戲子；也有流氓、暗探、私娼，甚至土匪頭子等等下三流人物。從早到晚，各種吃食小販，進出弄堂，叫賣聲不絕，吸引大人小孩，享受老百姓喜愛的民間小吃。兩條弄堂成爲上海小百姓的聚會地。

我自小嬌生慣養，又生性笨拙，祇貪玩樂。每禮拜隨父母去南京路購物，白相城隍廟、大世界；跟姊姊看戲、看電影外，平時就坐在店堂門口，呆看馬路景色，瞋視各家店舖的貨物擺設和買賣。我胃口小，一日三餐好菜好飯，毫無興趣，却喜愛弄堂裏小販來賣的閑食，來啥吃啥。我還和其他孩童到街頭看木頭人戲、看西洋鏡和活猻出把戲。我的童年就在上海小市民，也就是小百姓的生活氣氛包圍中度過。

每到節日我更高興。端午節滿屋烟燻，吃甜咸粽子。中秋節點香斗吃月餅。七月十五鬼節，爲鬼忙碌。過年更開心，拿了壓歲錢去買給別人放的炮仗，請人代我玩賭博游戲。

到了成年，我失去童年時代的歡樂，人也變得老成。常聽老人談家事，知道父親的親友中，有名有錢的巨賈富商原來都是小百姓：銅匠、學徒、木匠、船夫、貨郎擔這些低賤職業出身。姨媽告訴我有關我父母和親戚的身世。後來，我在報館當記者，曾採訪各行各業，接觸各類人物，看到人間百態，懂得人生艱難。尤其對老上海小百姓的悲歡命運，更是感慨萬千。過了幾十年，那些事記憶猶新，那些人歷歷在目。我總希望自己能寫出來，公諸於世，讓後輩瞭解老上海，知道千萬老百姓的真實生活。可是每次動筆，總恨自己一枝禿筆無能描繪百姓們千姿百態的生動形象，寫不出老上海萬花筒一般的社會背景。

二十年前，我在《新民晚報》上發表《大亨》。名畫家華君武推薦戴敦邦爲我畫插圖。他畫出了我寫不出的真實圖景。從此我與他合作：《大世界傳奇》、《三百六十行》以及去年出版的《大亨》連環畫，尤其是後者多達三百幅的畫面，真實而細緻地描繪了老上海的百年歷史和各個時代的社會場景。真是驚世傑作。在簽名售書後，朋友們提出要我把自己在老上海的經歷和見聞一一寫出，請老戴插圖。說者無意，聽者有心。我正考慮如何着手，兩個月後，老戴交出一百多幅人物畫，畫的是老上海小百姓。這些畫使我想起老戴爲電視劇《水滸》一百〇八將的人物造型。電視導演就以他的畫像去物色演員。展現在我眼前的百餘幅人物畫像，莫不是老戴爲老上海小百姓綉像？這些畫使我回到過去，重又見到那些可愛可敬又可憐的小百姓的面貌、表情和動静。也使我記起發生在小百姓身上的可歌可泣又可悲又不同一般的真實故事。我頓時心潮澎湃，創作衝動，不用構思，也不尋資料，單憑我自己的親身經歷，長輩們的憶舊，和我耳聞目覩，以及我熟悉和不相識的小百姓的本人口述，一一照實記下，盡力做到真有其人、實有其事的真實記録。在一個多月炎熱氣候下，奮筆疾書，終於完稿。老戴的畫中人物，神態畢露，栩栩如生。我也力求内容真實，文筆生動，表達出老上海的氣派和中國百姓吃苦耐勞、愛憎分明、奮鬥創業的民族精神。

戴敦邦擅長人物畫，他筆下的小百姓，貌似神也似，不愧爲大師手筆。我爲他的畫配文，因年老筆拙，難免錯漏。慚愧慚愧。請老戴原諒，還望老百姓們多多包涵，勿要見笑。

沈　寂

二〇〇五年七月十五日

目録

目録

戴敦邦

浦江
輪船碼頭

父親是碼頭小工

清代光緒年間，上海南市十六鋪是內江和外洋輪船停泊的大碼頭，往來船只靠岸時，就有一群碼頭工人忙忙碌碌搬運貨物，工人中有我的父親。

父親出生於寧波奉化常昭村，兄弟四人，他是老三。少兒時代砍柴、割草、放牛，還下田耕種。十三歲那年，見鄰村「後生」出外謀生，他不願自己埋沒在荒僻的山坳裏，鼓足勇氣，跟人到寧波學打鐵。辛勞的汗水，換來一身錚錚鐵骨。可是他受不住老闆的剥削欺壓，十六歲滿師，又敢冒風險，獨自一人到上海灘謀生。人生地不熟，在寸金之地找不到一口飯吃，他東西求告，最後在十六鋪當碼頭小工。

碼頭工就是搬運工，是靠肩挑、背扛的一種出賣强勞力的工人。每天從船上裝卸貨，一人挑或肩背，兩人抬或合扛，沉重的木箱大包，踏上一尺闊一丈多長的跳板，一步一步走，走慢了，鞭子抽打，背少了，尅扣工資。一不小心，刮風落雨，一滑跌下，非死即傷，没人管；碰壞貨物，還要賠償。我父親就在「肩膀上壓竹頭、背心上挨拳頭，做工拿零頭」的艱苦勞動中過了五年。空餘時間當「野鷄扛夫」想積些錢，討老婆。不久，當了工頭，與幾個出窩弟兄一起，向貨主包運。拿一筆錢，大家分。他包運次數最多、收入最大的是將棉花商從各地收來的棉花，用鐵板壓成二百斤重的「花袋包」，抬上輪船，送到紗廠。棉花商人發財，父親看到這也是自己跳出搬運工這種苦生活的門道。他先跟隨棉花商去崇明、南通等地，收購棉花，自己願意廉價直接搬運。日久以後，他就與棉農打交道，先是小做做，收集少量棉花，打成包，運到上海。後來生意越做越大，自己辦棉花號，在崇明、高橋一帶放「莊口」，派人在當地收集棉花，他用手指拉開棉花，靠眼看和手感，就能判斷棉花的質量。他收貨價比別的棉花商高，送給紗廠，出價比別人低。雖然少賺錢，而信用高。四十歲時，他已成爲上海灘有名的棉花商。

我父親從鄉下到上海，由農民、打鐵匠到碼頭小工，依靠自己奮鬥，最後成爲富裕商人。這也是浙江幫不少苦出身後來事業有成的富商的人生道路。

吉祥
慈悲
朝山

外公開香燭店

我的外公姓任，我不知道他的名字，也没見過他本人。聽説長得很魁偉，戴一副老光眼鏡，非常和善，他信佛，開了一家香燭店和錫箔莊，香燭是批貨，錫箔是自製品。他娶了我外婆後，生下兩個女兒、三個兒子。我三個舅舅都送私塾讀書。我大舅父聰明能干，讀了幾年書就到上海來謀生，在法租界當「包打聽」。我二舅父，尚算用功，可是無用，到一家布店去當學徒。我大姨（我們叫她爲「嬷嬷」）很早出嫁，嫁一個吃喝玩樂的浪蕩子，養了十一個孩子，後來衹剩下一個，是我最争氣的表哥。

本來是一個安樂的家庭，不幸我外婆病故，外公既忙於店務，無能再管家務，就另娶一個「小外婆」，也就是我母親的後母。這後母非常惡毒，把我外婆生養的子女，當作眼中釘。已出嫁的我的大姨媽奈何不得，大舅舅去上海，也無辦法，就拿尚還年幼的我的母親和小舅舅當出氣筒。她自己不動手，便向我外公挑撥，説我母親又懶又笨；説我小舅父又壞又頑皮，不聽話，貪吃懶做。我外公年老昏庸，竟聽信讒言，一改過去對子女的親情，也忘了前妻臨終時的託付，對我母親越來越凶。家裏不再僱用女僕，要我母親打掃房屋，把後母房間收拾得干干净净，後母稍不如意，就要外公又打又罵。白天洗一家人衣服，到了晚上，也不許休息，要我母親和錫箔師傅一起「刷黄金」，就是將銀粉塗在薄紙上，輕了刷不上，重了紙要破，一定要又慢又細心。後母在一旁吸水烟，兩眼監視。我母親一定要一刻不停地刷、刷、刷。實在疲倦，閉一會眼皮，後母就拿鷄毛撣帚猛打。母親又怕又痛，嚇得逃到床下去躲避，外公又把她從床底拖出來再打。母親哭了，沾着銀粉的手指擦眼淚，痛得淚水直流。

我大姨媽知道，捨不得年幼妹妹，來娘家評理，竟被外公趕出門，多虧大舅父，約了一班朋友，連搶帶奪，把我母親和小舅父救了出去。將我母親許配給我父親，從此過上「人」的生活。

我家鄰近有一家香燭店，我母親每次經過，想起往事，總長嘆一聲。她不忘記我大舅父和大姨媽的恩情，對我們子女也特别愛護。

醬園
海鹽老店分此專營上好官醬三伏曬油
興醬園

我在炮聲中出世

我國所有城鎮，以及一些大都市中，都有一家以至幾十家「醬園店」，醬園店既賣醬油、醋、麻油，還賣由魚肉和蔬果製成的醬狀食品，如：蝦醬、蟹醬、花生醬、芝麻醬、甜面醬、梅醬、豆瓣醬、辣醬和用醬或醬油腌製的各色醬瓜、醬菜、甜蘿卜等。有葷有素，供人們燒菜、調味、下酒和吃粥菜餚。

在古代，沒有醬園店的鄉村山區，就有小販們將油、醋以及各種醬製食品挑擔奔走。有的敲梆，有的打小鑼，也有高聲叫喊，引主婦前來購買。

醬園店的老闆大多是浙江海鹽人，他們生長在海邊，善於釀造醬油、醬菜。醬菜的花樣很多，據梁實秋先生說：「要以甜醬蘿卜爲百吃不厭的正宗。這種蘿卜，細長質美，以製醬菜恰到好處。」

醬油店的麻油也不同一般，有一首竹枝詞爲證：「小磨麻油滋味好，噴香觸鼻真佳妙。驢子牽來磨上濃，澄清須向缸中搗。外國醬油外國鹽，外人奪利耗金錢。恰喜外國麻油還未有，利權雖小尚完全。」小小麻油竟爲祖國爭氣。

泥城橋北京路口有黄楚九開的中法大藥房，隔開一條馬路就有一家醬園店，外墻墻面上油漆「醬園」兩個大字。姨媽每次路過，總要指着告訴我：「這裏原來是一排房子，你就生在這裏，出世那天（一九二四年九月二日），正好打仗（直、皖兩系軍閥的江浙戰爭爆發），你一生下來就哭，哭了三天三夜。住在隔壁房子的老頭子，拼命敲墻壁，駡山門。後來，這一排房子被火燒，我們就搬到新聞路，雙開間街面房子，你父親開花袋店，我們家眷住在樓上。」我查了一下地方誌，新聞路鴻福里築造於一九二四年，正是我出生那年住進新屋。

我家馬路對面也有一家醬油店，沒有高圍墻，祇是一般的店面，也祇賣醬麻油，所以叫「醬油店」，老闆姓傅，生一男一女，是我小學同學。姊姊名叫傅瑞貞，弟弟名叫傅瑞玉，和我同桌。姊弟倆相差兩歲，居然是同班，原來姊姊爲了照顧弟弟遲上學。傅瑞玉聰明面孔笨肚腸，功課都由姊姊代做，分數總比我高。畢業時，他和他姊姊倆名列前茅，我落後他二十多名，很不服氣，可是他對我很好，臨别時依依不捨，不知道他後來怎麽樣，希望他不像我那樣倒霉。

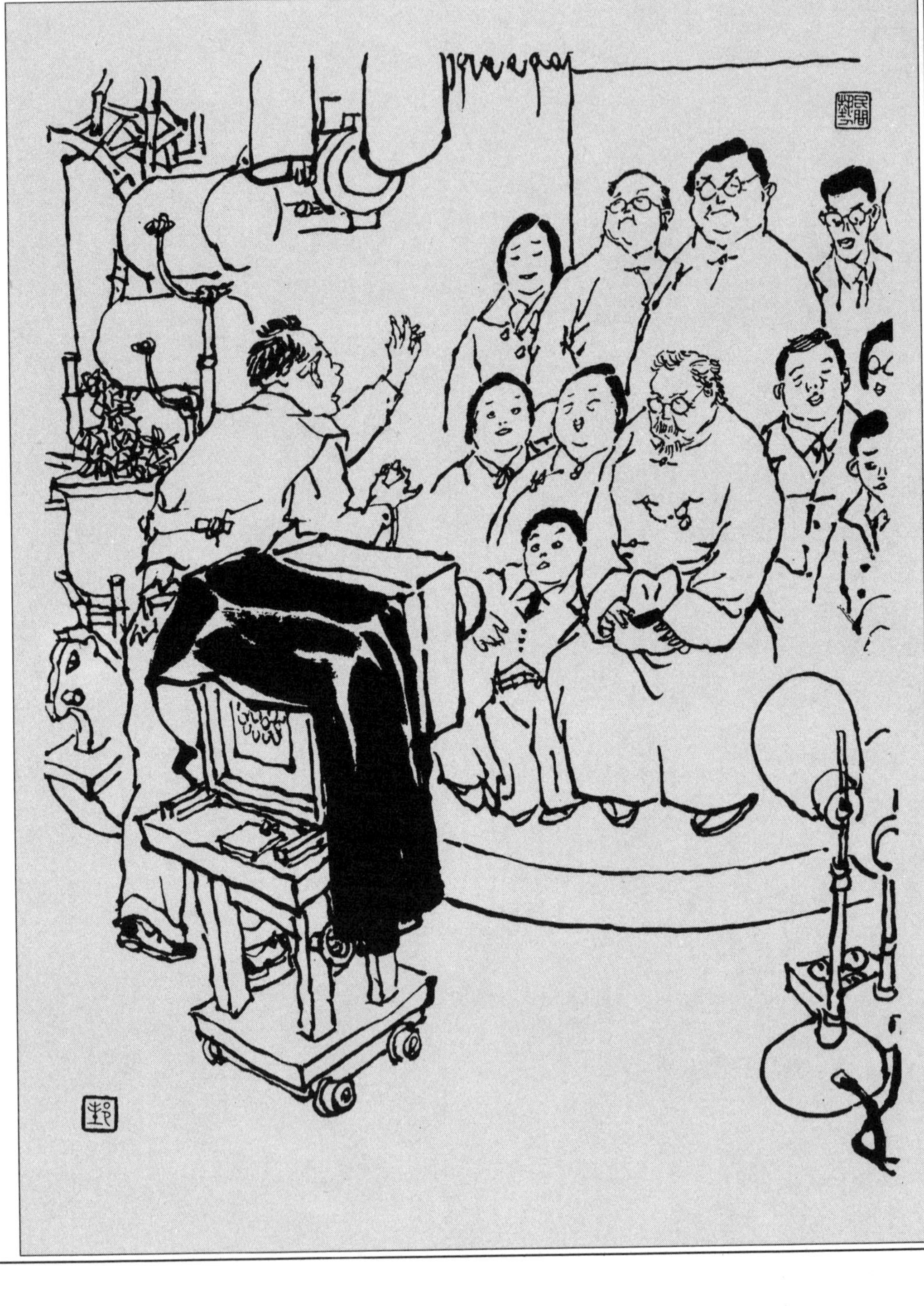

「三家福」照片

老戴這幅「全家福」畫，使我想起我家與大舅父、姨媽三家合拍的「三家福」照片，那是我被綁票後贖回的「中秋節」。大家慶賀團圓，先到城隍廟拜菩薩，再上照相館拍照留念。在拍照前曾有過議論：拍全家福人數應該成單還是成雙？大舅父作出決定，成雙吉利，因爲他事先已統計三家人口，我家八個，他家九個，姨媽家三個，正好雙數。長輩坐在中排，小輩年長的立在後排，我和表兄妹坐在前排，我最小，因爲是主角，坐在中央。這張大照片一直掛在客堂間，兩次抗戰都未損壞。分家時交給二哥保管，在「文革」中遺失。到現在「三家福」照片裏的人物，祇有我一個活着。

我父親帶我從泥城橋經過西藏路到南京路去時，指着大上海戲院一帶房子，告訴我：過去這裏是泥城河，河畔有一家叫「寶記」的照相館，後來搬到南京路山西路，很多達官巨賈都在「寶記」拍過照。

自己會攝影的表兄鍔欽哥，他總介紹我姊姊去南京路「王開」照相館拍照，說「王開」的技師工資大，技藝高，名氣也響，因爲在一九二五年，大總統孫中山先生大殮，「王開」派技師從北京跟到南京，攝下奉安全過程，並以「王開攝影」落款發送給各地軍政要人。「王開」還專門爲電影明星拍照，不收費用，還請客吃飯，最有趣的是「王開」曾經拍攝過有一百二十八個子孫合影的「全家福」，擺在橱窗裏，供人欣賞，引得很多家庭前去拍照。

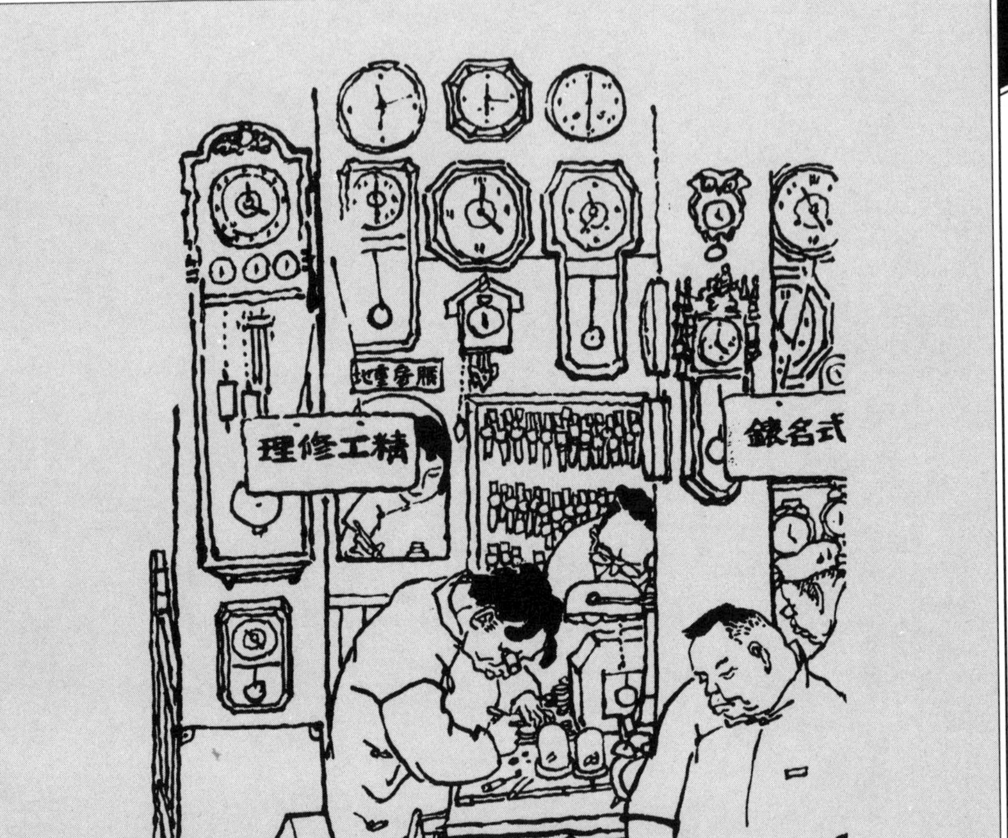
精工修理
式名錶

父親的「火車錶」

中國古代沒有鐘錶，計時用銅壺滴漏，就是以容水的銅壺，壺底側有出水口，壺蓋上有小孔，插入標尺，壺水漏出，標尺刻度下降，尺上有時間的刻度，一晝夜漏一百等分。

到了明代，西洋時鐘剛開始傳入。據説是意大利耶穌會傳教士利瑪竇來華時，將自鳴鐘送給廣東肇慶總督和神宗皇帝。此後，清代蘇州及廣東有些地方，纔有中國人開設的製鐘錶的行業，其供奉的行業神就是利瑪竇。

一八六一年，德國商人霍普兄弟在上海開設亨達利鐘錶店，經銷外國名牌鐘錶。亨達利曾將一座安裝巧妙機關的鐘送給慈禧太后，得到獎賞而聞名。第一次世界大戰中，霍普兄弟回德國，亨達利就廉價盤給中國商人，可是上海人還是一直認爲亨達利是德國人開的鐘錶店。

在亨達利開設十年之後，中國資本家在上海開了一家亨得利鐘錶行，「達」與「得」一字之差，而且發音相近，有冒牌嫌疑。於是雙方打官司，在營業上又激烈競争，結果兩家同時名聲大振，而亨得利特地向瑞士廠商製亨得利本牌掛錶、手錶和「火車錶」，在提倡國貨時，更受中國同胞歡迎。我父親在襯衣錶袋裏放一隻「火車錶」。也是亨得利出品。據説又準時又便宜。他每次出門，穿上長衫前，總要摸出「火車錶」，看看時間。晚上睡覺，脱下長衫，把「火車錶」放在梳妝檯抽屜裏。一九三五年，他回鄉養病，死在故鄉。我在抽屜裏發現那隻我父親帶了半生的「火車錶」，大哭一場。

我家鄰近有一家鐘錶店，記不清店名了。我看父親遺下的「火車錶」已多年不走，以爲壞了，就拿去修理。這家店很小，老闆就是修錶師傅。他照實説，錶没有壞，齒輪生銹，衹要洗一洗，花錢不多。我把錶交給他，過了幾天去拿，錶面白了，放在耳邊一聽，喀嚓喀嚓，清脆有聲。我高興地付了錢拿回去。仿佛我父親死後復生。可是不到半個月，「火車錶」又停止不走。我哥哥告訴我，那個修錶的，以「洗一洗」爲名，一定把好齒輪調换，再也不會走了，我就從此失去父親留給我的最後的遺物。

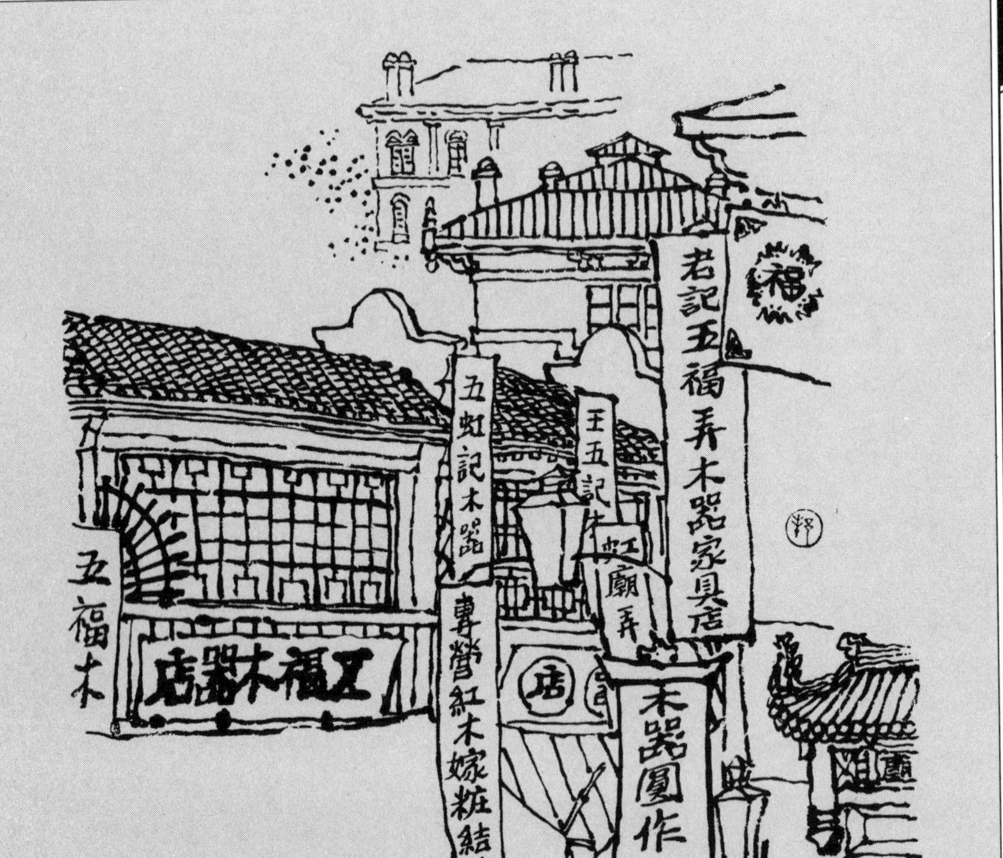
老記五福弄木器家具店
福
五虹記木器
王五記
虹廟弄
五福木
五福木器店
專營紅木嫁粧結婚全套圓作馬桶
店
木器圓作
器店
木器

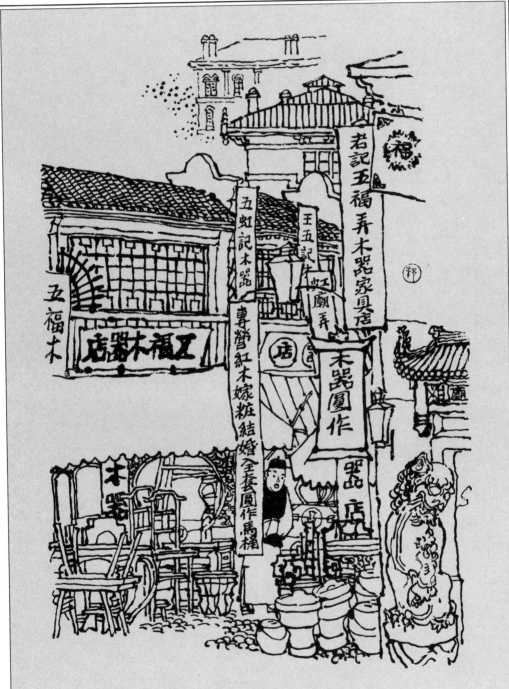

嫁妝引起的風波

我家六個兄弟姐妹中，二姊第一個出嫁。婆家姓張，父親已故，遺下一家呢絨批發號，家住虹口石庫門一幢樓房。長子管理店務，長嫂是婆婆的外甥女，十分寵信，一切家務由她掌管。次子就是我姊夫，幼子還在學醫。在當時也算是殷實人家。

兩家配親後，母親開始爲二姊置辦嫁妝（木器家具歸夫家置辦）。夫家送來聘禮作爲女家辦嫁妝。我母親按照寧波人習俗，加倍陪嫁：除了新娘四季衣服，還有十六條厚薄棉被，其中四條「和合神仙」、「鴛鴦戲水」的綉花被和四套綉花枕。此外還到虹廟木器店購買各種木器用具。

虹廟五福弄是當時上海灘木器店集中之地。招牌有：「五福」、「鴻喜」等。店門口掛着「專營紅木嫁妝結婚全套圓作馬桶」等牌子。母親在一家店裏購買大小脚桶、脚盆、浴盆、子孫桶、夜壺箱、馬桶和馬桶箱，等等，一共三十六件。

在婚禮前一日，女家搬嫁妝，兩卡車裝十二隻「扛箱」，其中六隻衣箱，兩扛箱銅錫臘器，一扛箱「萬年青」、「吉祥草」，三扛箱虹廟買來的木器用具。每一扛箱都紅絨結彩，熱熱鬧鬧，引起路人鄰居圍觀，説棉花店嫁女兒，風頭十足。

卡車到婆家，門口放炮仗，扛箱朝屋裏抬，大媳婦見我二姊的嫁妝超過自己，出於妒忌，大擺長媳的架子和威風，將綉花枕頭扔在地上，脚踢衣箱，還將「子孫桶」亂扔，不料正好落到自己脚背上，受了傷，竟放聲大哭，説嫁妝害人。

送嫁妝去的兩個表哥回來悄悄地回稟。母親生氣，但忍住不讓二姊知道，可是二姊嫁過去後三天回門，就向母親哭訴那大媳婦如何如何，我們聽了都不服，要去「出頭」，被父親壓住。後來我開始寫文章，第一篇就以那大媳婦爲模特兒，諷刺她不顧女兒頭上生虱，整天衹知打麻將，在《申報》副刊「自由談」上發表。我二姊看了哈哈大笑。

還是手藝人好

我大哥結婚，因爲父親事業亨通、名聲在外，長子成親一定要特別隆重，除了給女家一筆辦嫁妝的「大

禮」外，還要自備一套紅木家具：八仙桌、四張靠背椅、大橱、五斗橱、鴨蛋凳等十六件，外加一張銅床。母親提出，祇要木料好，生活牢靠，價鈿勿論。

我大舅父開旅館，置辦家具熟門熟路。他知道南市紫來街很多木器店，專賣紅木家具。於是他陪我母親坐車親去紫來街。這條街從頭走到底一共有十四家家具店，有的叫「鴻福」，有的名「喜樂」，都是好口彩，門口還掛滿廣告牌：「承辦結婚成套紅木家具」、「精製新式紅木家具」，還有「稱心如意」、「傳子傳孫」等吉祥語。

大舅父一到，幾家木器店老闆都涌上來，大舅父開口要上好紅木。老闆都説自家最好，而且指點陳列的全套樣品，鏡面上寫「已定」字樣。説可以照樣定做一套，還拍胸保證，保用廿年不壞，母親付了定洋，三個月裏送貨上門。可是用不到一年，桌面褪色，橱脚損缺。當時店主的保證，全是空話，大舅父失了面子，要去討賠賬。母親息事寧人：「下次不上當。」

過了一年半，我二哥結婚，又要定做紅木家具。大舅父想到虹廟木器店可靠，請求指點。店主揭露内情：紫來街嫁妝店自產自銷，偷工減料，不如到專做紅木家具的作場定貨。於是大舅父打聽到地址，陪母親同去。那裏祇有兩家，門口貼着紙招牌，第一家「王記」有五、六個老師傅正忙着做家具，一問之下，老闆回答：「有人定做這套家具，來不及做，你到隔壁『陸記』去問問。」母親見隔壁一家，祇有兩個木匠在鋸木條。陸老闆接受生意，而開價比大哥那套貴兩成。他沉着臉説，貨真價實，一個銅板不能少，還要過四個月纔能交貨，説是慢工出細貨，不能拆爛污。大舅父看那老闆面相老實，毫無虚頭，就和母親商量定奪。可是很不放心，兩個月後偷偷地去採看，祇見作場裏有四個木匠，包括老闆自己，滿頭大汗，埋頭苦干，家具已經完成大半。四個月不到，老闆和伙計抬的抬，扛的扛，送貨上門，力錢也不要。

兩套家具安放在貼隔壁房間，相比之下，立見好壞。大舅父説：「十商九奸，還是手藝人可靠。」

家具的差别，引起大哥的不滿：認爲父母有偏心，愛小欺大，甚至疑心自己是不是我父母親生。某日，他酒後胡言，幾乎鬧出一場風波。

從冷毛衣到絨綫衫

我不知道絨綫是哪個國家的外國人發明的。上海最早經營絨綫的店鋪都在南市興聖街，稱爲冷毛店，意思是出售冷天結成衣衫的毛絨。門口掛着一件已成形的絨綫衫。當時上海人也都叫「冷毛衫」。櫃檯上還擺着西洋婦女編織絨綫的照片，木橱格子擺滿各種顏色粗細不一的「冷毛」，供女顧客選買。

有人說過一句非常幽默和精辟的話：「絨綫肯定是男人發明的，因爲絨綫可以讓婦女有事可做，還給男人帶來温暖。」

我的兩位姊姊，最早是爲了自己陪嫁而學刺綉，後來大部分時間都在結絨綫。剛剛立秋，她們從永安公司買來各色絨綫，爲父母、爲兄弟、爲她們自己編織絨綫衫。過去男的到了冷天，除了穿一件襯衫，一件背心，外穿長袍，顯得臃腫。後來將馬夾改爲粗絨綫衣，又輕又熱。婦女們爲了保持身材，在夾衣外面加一件絨綫外套，就可以過秋冬。這成爲一個規律：男的把絨綫衣穿在裏面，要粗絨綫，以深色爲主。女的將絨綫衣穿在外面，要時髦，顏色也要鮮艷。

我的兩位姊姊，從永安公司買來外國人絨綫衣編結法的書，總覺得太洋氣。三四十年代有一位馮秋萍女士，出版一本絨綫衣編結法，書中有男式、女式的各種照片，還有編織各種花式和圖案的針法。姊姊就參照書籍，結出一件件我們全家稱心的絨綫衣。親友們知道我家有結絨綫衣的能手，也紛紛前來討教。

後來，從澳洲進口羊毛衫，比絨綫衫輕便而温暖，而且也不用人工編織，大家便改穿羊毛衫。我大姊就專心刺綉，一直到老，從上海到香港，刺綉出數以千計的綉品，哺育兒女，培養成才。

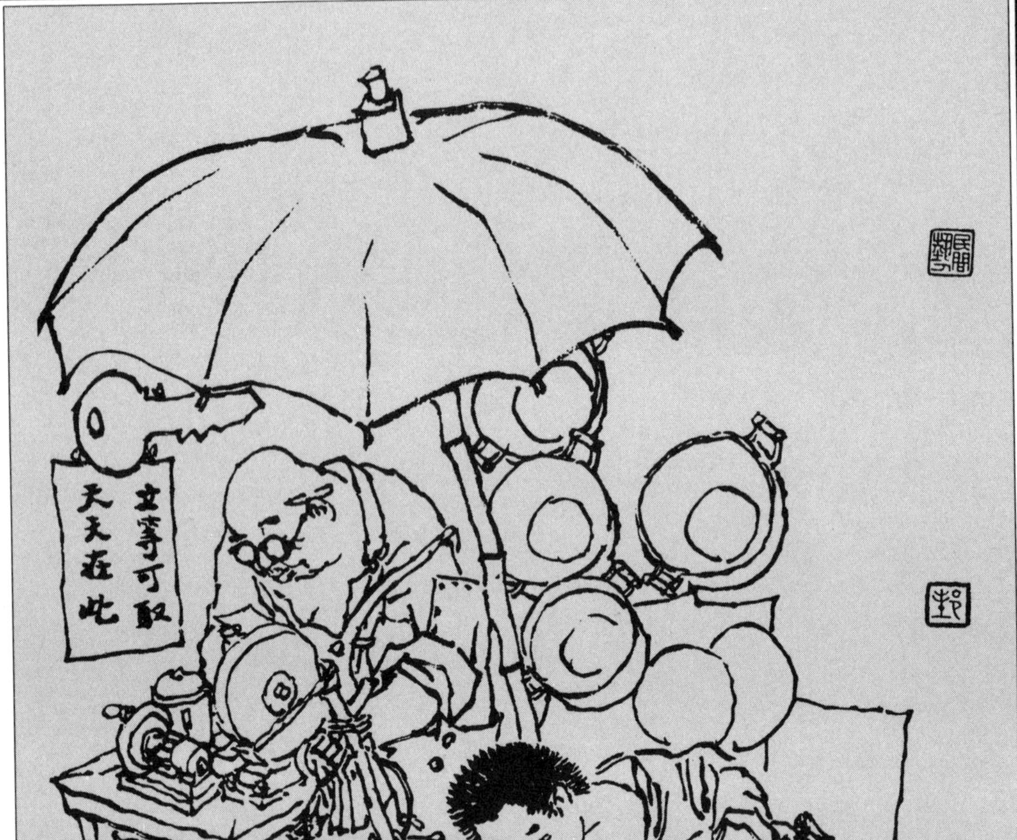
立等可取
天天在此

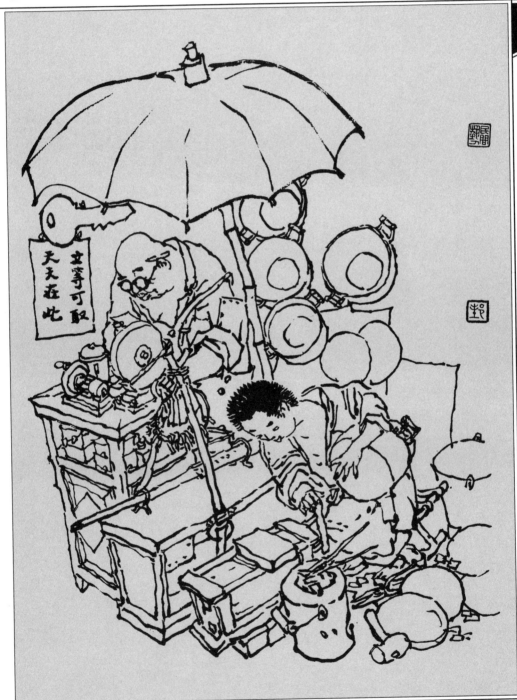

銅匠出身的富商

父親有個遠房表弟，姓王名寶信。十六歲時到上海，在銅匠店裏當學徒。後來向我父親借錢，自己開一爿小店，專修鋼精鍋子。稍有積蓄，娶妻養子。我父親由工頭，升爲棉花商人，也鼓勵王寶信自己開益泰鋼精廠（也就是鋁器），王寶信自當廠長，他兒子小學畢業，就在廠裏當學徒。還爲了經銷自己產品，開了一爿益泰鋼精店。當時，上海鋼精廠衹此一家，而鋼精鍋子因質量好，代替鐵鍋，家家必備。益泰店生意興隆，益泰廠爲了增加產量，規模越來越大，成爲閘北最大的鋼精廠。不幸的是幫助王寶信發迹的妻子病故，他娶了續弦，還時時坐了裝貨的卡車到我家來問好，來時總帶來大小鍋子一大堆。

一九三二年，上海發生「一•二八」事變。益泰廠停辦，王寶信把妻兒送到我家避難。戰事一過，兩家因共度急難，更是親密。王寶信提出：要把他前妻留下的兒子，與我三姊訂婚，親上加親，又爲了表示同心同德，兩家在奉化合買一家有名的當舖，在裏面各自築造住宅。

兩年後，我父親就病故在這當舖的住宅裏，臨終前把家事託付給王寶信。王寶信一口答應，並且說到做到，他非但關心，還時時幫忙。而我父親死後，又逢上一九三七年淞滬戰爭，家道開始式微。母親盡力撐持。不久，王寶信提起要爲兒子成親，爲了照顧我家不要多花錢，拿出一筆巨款作爲聘禮，置辦嫁妝。而我母親還是按照寧波豪富人家的規矩，男家送來多少聘金，女家加倍辦嫁妝，我母親事後計算，三姊的嫁妝用去我父親的一半遺産。

王寶信非常感激，上門道謝，在以後艱難的日子裏，盡力相助。我三姊到了王家過着富裕生活，受到公婆的寵愛。她自己對我母親，對兄弟，也是無微不至地關懷，作爲豐厚嫁妝的報償。

大豐號
布
便宜貨樂得便
足尺加
零料鞋面

布店無布，錢不值錢

一九三七年，抗戰爆發，日軍侵佔上海，各紗廠停業。我父親遺留下的棉花號衹得關閉，新聞路的花袋店也因生意清淡而歇業，可又不能關門。曾經有過輝煌日子的母親不願從冷清清的客堂裏看到外面空洞洞的店堂，終日悶坐。半年之後，二舅父的女婿謝鳳祥，原是布店跑街，他願租下這間店堂，專賣零布。店名「永大」，希望店業永久，越開越大。他自任經理，二舅父當賬房，另外再僱用兩個小伙計，店面的「頂費」作爲股份，算是我家與他合股。

當時，零剪布店大多開在南市、城隍廟南首三牌樓，那一帶布店門口掛着「零買零剪」、「價廉物美」的條幅，專賣零頭布料和鞋面、袖筒之類。生意雖好，賺錢不多。謝鳳祥經營有方，從布廠批發來龍頭細布和華達呢、維尼隆、三合一等毛貨布匹，剪裁成八尺到一丈的袍料，分門別類，擺列在橱窗裏，供顧客挑選；然不標明價目，因物價不穩，可隨時調整。因爲新聞路上獨此一家，四周居民也都是中、下層的普通百姓，在淪陷時期生意難做，生活難過，必需節衣縮食的困難條件下，零頭布料便很受歡迎。第一天就「開門紅」，營業額蒸蒸日上。當經理的謝鳳祥愛喝酒，也愛唱戲。飯後總要提高嗓門唱汪笑儂派的《逍遥津》，母親看到店裏重又恢復熱鬧，也露出笑容。

好景不常。不到三年，日軍和漢奸政府因壓止不住他們自己造成的囤積貨物和物價飛漲，居然以「商業統制總會」名義，下令實施强制收買棉紗、棉布。凡布廠和店鋪的布匹在限期内必須全部低價上交，貨款分期付清。謝鳳祥得訊，便在被强制收買前實行大傾銷，店門口，從早到晚，人群排隊買布。不到三天，店内布料全部賣完。二舅父抽屜裏雖然裝滿鈔票（過幾天物價飛漲，衹值半數），而「永大」就此夭折，熱鬧的布店被搶買一空。我母親又坐在冷清清的客堂裏，望着空洞洞的店堂，滿面愁容。

更不幸的是我表姊夫謝鳳祥，因違反條令，關押半月，處以罰金。他幾年來的盈利全部泡湯，我家的股金當然落空。謝鳳祥此後靠做單幫過日。勝利後，他販賣布匹，乘江亞輪去寧波，不料船身爆炸，他冤沉海底。

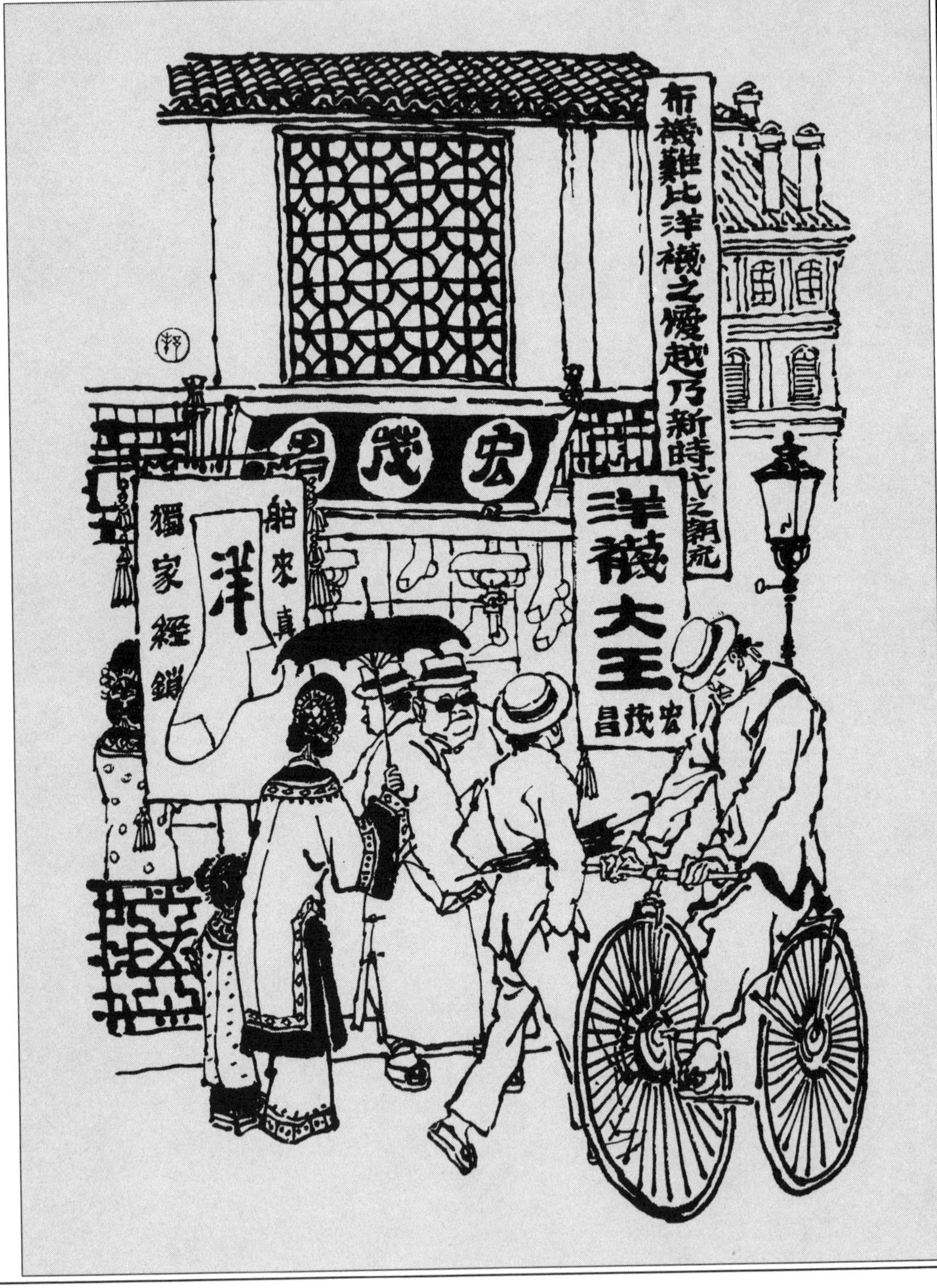
布襪難比洋襪之優越乃新時代之潮流
宏茂昌
獨家經銷
洋
舶來真
洋襪大王
宏茂昌

穿洋襪最時髦

古時中國百姓穿的「襪統」，是用白粗布縫製的，按照人脚的尺寸大小做成套子，套在脚上。走路時又硬又粗，很是不便，也不舒服。女人都纏小脚，將「裹脚布」日日夜夜緊緊綳住，把一雙天然足，變成三寸金蓮。脚尖上套一個小布套，走路時又痛又拐。我姨媽無法忘記過去纏小脚引起的痛苦，將我母親從後母壓迫下救出來後，第一件事就是把妹妹的小脚放大。放大脚的母親還是自製比小脚大兩寸的襪統套在脚上，否則赤脚出門，被人笑話。

不知道是什麽年代，從西方進口洋襪。上海有的紗廠也製作紗襪。紗襪穿在脚上舒服，舉足輕松，走路方便，當然受到人們歡迎。這種紗襪人們都稱爲「洋襪」。

最早開辦的洋襪店，是南市的宏茂昌。母親每次去那裏買了一大疊洋襪回來，男的、女的，本色的、花色的都有，分給一家老小穿，連娘姨阿堂也有兩雙。

我小時候當然也穿過宏茂昌的洋襪。現在宏茂昌已不復存在。當時最時髦的洋襪也已落伍。時尚女性反愛赤脚，還穿上草鞋一般的細帶皮鞋，可以下田插秧了。

日本牙粉
東洋香油

貨郎擔出身的顏料商

上海市裏商店多，要買日常用品處處有。可是郊區鄉下和冷僻地方的小巷小弄，周圍很少店家，買東西非常不便。於是就有一個肩挑「貨郎擔」，手舉「搖銅鼓」的小販，一面將鼓轉來轉去搖得咚咚響，招呼顧客，一面在巷口田頭放下擔子，等待生意上門。

「貨郎擔」裏什麽都有：香油、牙粉、鞋墊、鞋面、木梳、板刷、筷子、碗盞、絨繩、髮夾、針綫等等，外加小孩玩具：刀、劍和面具，應有盡有。顧客都是女客，圍在四周，挑東挑西，討價還價。今天貨缺，後天送到。好像一家百貨商店搬到門前，皆大歡喜。

我常常看到貨郎擔，覺得好玩。可是不會想到在清朝末年，有一位姓薛名寶順的，他的貨郎擔東西好，有信用，人老實，生意多。他不去鄉下小巷，而是走上海弄堂。他有一個做掮客生意的朋友，來求告説：他有兩桶藍漆，推銷不掉，請他放在貨郎擔裏零賣。姓薛的明知藍漆不會有人要，但人情難却，就每天拎着沉重的漆桶，沿途叫賣。十天過去，一斤也没賣掉。回家妻子駡，鄰居笑。同行説他吃力不討好。不料半年以後，光緒皇帝和慈禧太后一起「駕崩」，要舉行國喪。聖旨下來，凡是紅色的屋檐亭柱、木器家具一律改漆藍色。而幾家漆店衹有紅綠油漆，從不出售藍漆。薛寶順心靈手快，立即要那朋友向德商洋行廉價購進五十桶藍漆，高價拋出，賺進不少錢。他將「貨郎擔」扔掉，開辦顏料油漆行。國喪三年，他將德商洋行藍漆全部包下。生意越做越大，由小販變成大老闆。一九一四年，世界大戰爆發。德國人撤離上海，洋行將庫存所有各色顏料油漆，全部廉價賣給薛寶順。他又賣出，發了一筆大財，由老闆變成上海顏料巨商。當時，可以稱得上富豪的有四大家：貝、席、葉、薛。前三家都有私家花園，薛家照樣在霞飛路的空地造房和築園（即後來的襄陽公園）。與衆不同的是園中有「迎客亭」，賓客光臨，吹打歡迎。薛寶順有四個兒子，烟酒嫖賭，無一不精，就是不肯學好，誰會花錢，就算有本領。第二個兒子本來與貝家大小姐成親，他又和坤伶露蘭春要好，被黃金榮關進監牢，敲去一大筆竹槓。另外三家的子孫，有的出國求學，有的世代買辦，衹有薛家子弟，個個敗家。富不過兩代，薛家就此敗落。

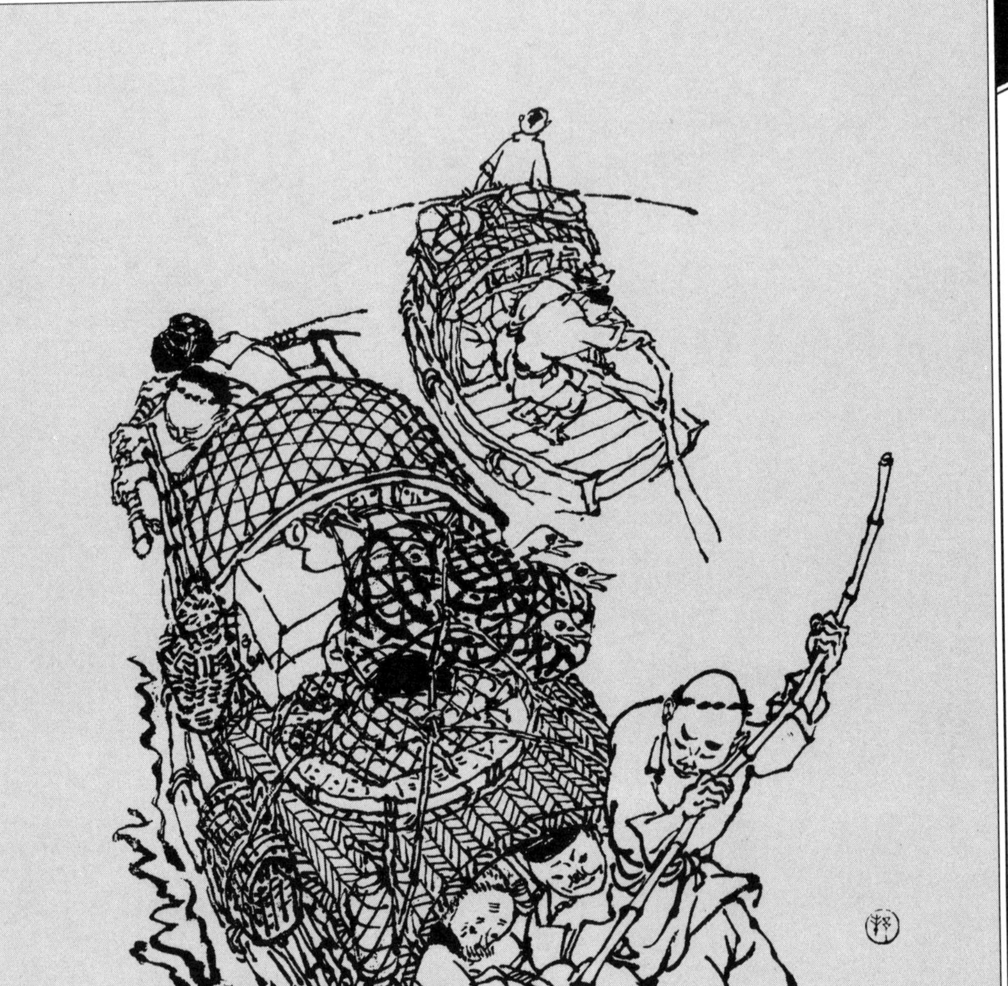

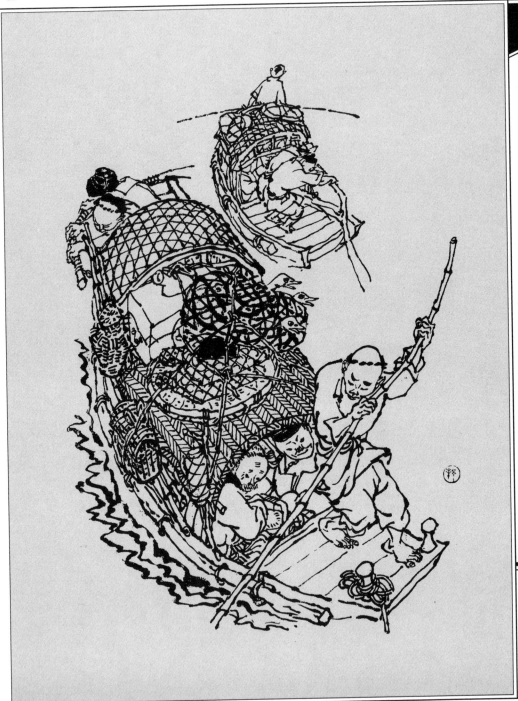

船夫成了大富翁

老戴畫的是無錫網船，是一種來往上海和無錫的小客船。使我想起過去，從外灘擺渡到浦東的小舢板。

小舢板的船身前狹後寬。中艙擱一塊可以坐兩三個人的長木板，上面罩着篾竹片篷帳，以擋雨雪。船頭漆紅色，船艄向上翹，船夫站在船艄搖櫓，不用槳。可是要拼命用力，冒着逆風逆水，也要搖到對岸。

小舢板坐人不運貨。運貨的小船叫「劃子」，它没有篷帳也無船艙，出空的船身裝滿貨物，再加一兩個押貨的，分量很重。船夫一人用雙槳，掌握潮汛，隨流而劃。如遇巨浪，風險很大，是吃船上飯中最苦的一行。

行行出狀元，摇舢板出身的船夫小葉，後來居然成爲上海灘赫赫有名的大企業家、大富翁。

十九世紀五十年代，浙江鎮海人葉澄衷，父親早亡，靠母親耕種織布，養活子女五人。他六歲時，上過私塾，因貧窮輟學。十一歲時到油坊幫工，受盡欺凌。三年後，鄉鄰帶他到上海，在一家雜貨舖當學徒。老闆要他每天清早，駕一隻小船載貨，到黄浦江上向來往船隻兜售叫賣，直到傍晚回店。他年少而聰明，没過多久，就已能和洋船上的外國水手打交道，學會了洋涇浜英語。

幾年後，雜貨舖關門，葉澄衷自摇舢板，帶各種物品，向洋水手兜售。有時還送洋船上的商人、船客到外灘白相、做生意。某日，一個洋老闆搭他的舢板，無意中遺落皮夾。等洋老闆回洋輪時，他原物奉還，一文不少。洋老闆看他忠厚老實，就送給他一筆錢去開店做生意。他有了資本，加上自己辛苦賺來的積蓄，就在虹口開設一家小店，取名老順記，專門售賣洋貨雜物、五金零件、廢舊銅鐵，主要營業還是與外國人貿易來往，等於一個小買辦。

當時，美商美孚石油公司要打開中國市場，曾與洋人貿易的葉澄衷，將老順記作爲美孚的推銷店。業務擴大後，他又開辦分號。十年不到，家資萬貫，躍爲巨富。他又開錢莊，多達一百家，又經營地産、運輸、火柴公司和絲廠。此外，他又大辦慈善事業，修橋鋪路，興辦水利，又開設「澄衷中學」，培養人才。一八九九年，他逝世時，估計資産已達白銀八百萬兩。

誰説船夫没出息，任何行業，衹要誠信、奮鬥，就能出狀元。

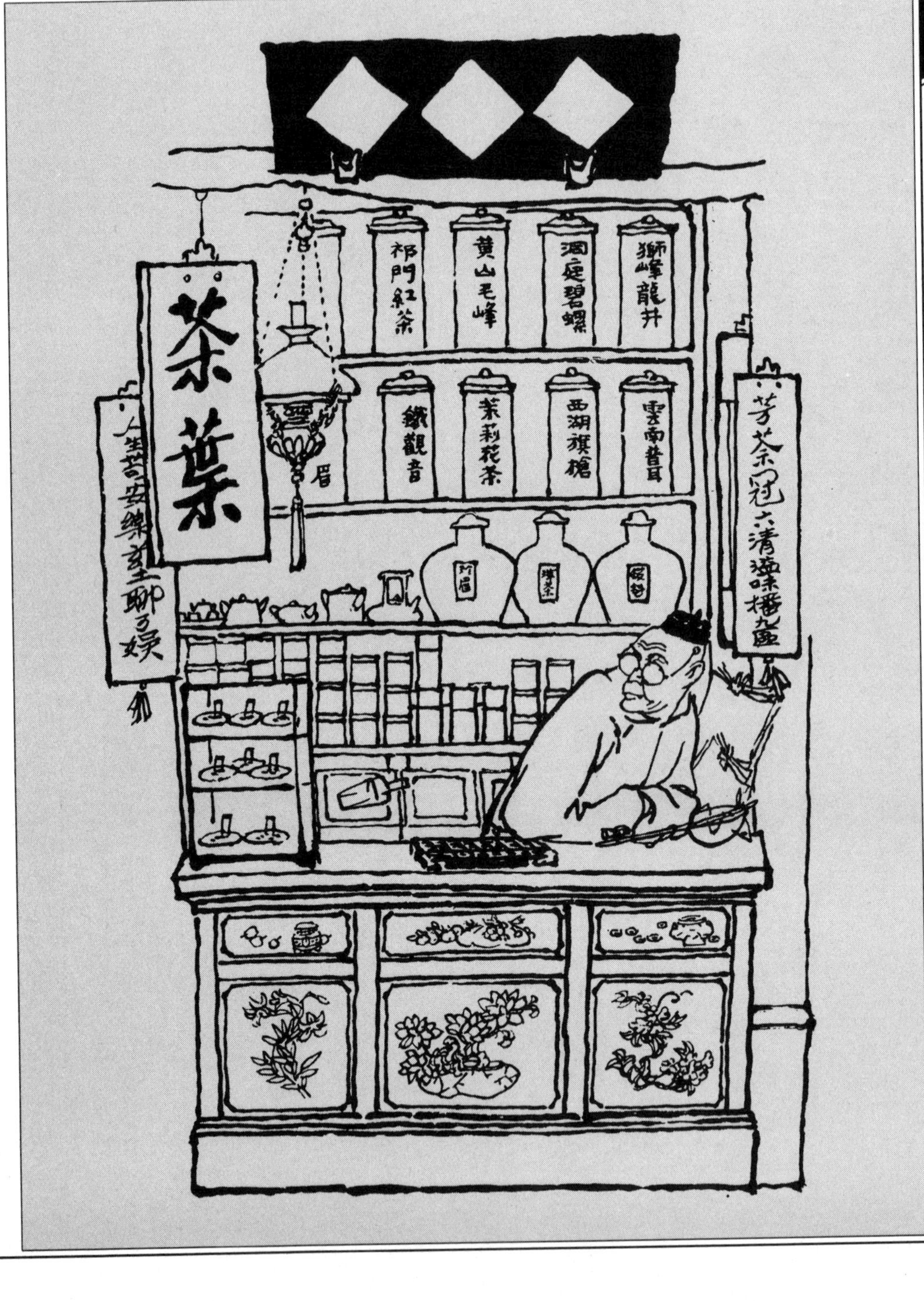

茶葉
祁門紅茶
黃山毛峰
洞庭碧螺
獅峰龍井
鐵觀音
茉莉花茶
西湖旗槍
雲南普耳
芳茶冠六清
溢味播九區

茶葉大王的末路

中國是產茶勝地，特別是浙江、安徽、雲南等地的茶葉更爲著名。祁門紅茶、黃山毛峰、洞庭碧螺、杭州龍井、雲南普洱等，各有特色。中國人愛喝茶，或獨自品茗，或是相聚歡飲，成爲一日不可少的習慣。因爲茶葉的銷路廣，於是就有茶商，他們在茶葉的産地，設立茶莊，從茶農那裏收購茶葉，加工，裝箱（銷外洋）和土裝（紙包），運到各地。大都市上海的茶市最大，安徽茶商在上海開辦「汪裕泰茶號」，有茶棧，又有店號，赫赫有名，很多茶館都向「汪裕泰」買茶葉，給茶客泡茶。

茶商有安徽幫、平水幫、本幫和廣東幫。廣東幫的茶葉大多銷外洋，可是洋人控制的海關有規定，中國茶葉供銷外用，必須通過洋行，價鈿由洋行定，還要拿傭金和運費。廣東有唐家兄弟唐叔蕃、唐季珊是茶葉大户，没有辦法，在上海開設一家華茶公司，由唐季珊當經理，後來他還在南京路大光明影院旁開了一家茶葉店，生意不好，衹是爲了讓上海人知道華茶公司和他唐季珊的大名。

唐季珊在杭州等地收購茶葉，再出口茶葉，被洋行和海關剋扣，收入不多，名聲也不大。正巧一九一四年第一次世界大戰爆發，上海各大洋行停業。唐家乘機將茶葉直接銷外國，大大獲利，他又爲了增高自己名聲，設法進入電影圈，竟成了聯華影片公司股東。電影明星到杭州去拍影片時，他以茶莊的名義，盛情招待。由此新聞界稱他爲茶葉大王，他又追求電影女明星張織雲，將她捧爲「電影皇后」。於是茶葉大王和電影皇后一起去美國推銷茶葉，却失敗而歸。他遺棄皇后，追求阮玲玉。最後又因被人誣告他們，阮玲玉被逼飲恨自盡：他違反誓言而又另娶。臭名遠揚，加上事業敗落，不得不逃至臺灣，靠在路邊擺茶葉攤爲生，結果潦倒不堪，客死街頭。

時新女鞋
花店
小花
天香閣香粉號
香粉號
玫瑰茉莉
祖傳秘製
香粉
百年老店

畫錦里買綉花鞋

清朝末年，有一洋人在二馬路（今九江路）、蘇州路（今浙江中路）、教會路（今福州路）一帶（最早都屬織道路）建造一幢環境優美，花樹茂密的別墅，上海人稱爲「小花園」。上世紀二十年代別墅毁壞，四周居宅密集，相傳有一鞋匠擅製綉花女鞋，在浙江路開設一家專營綉花女鞋的商店，生意興旺，後來鞋店越開越多，成爲畫錦里一條女鞋街。

我母親每隔兩三個月總要到「小花園」的畫錦里買綉花鞋，一買就是幾雙，分贈給至親好友。她最愛去買鞋的是鴻泰源女鞋店，花色多、尺寸全。買多了，還派店員送貨。

鴻泰源女鞋店的老闆是薛大榮，南京人。遷居到上海後經營多種行業，因其夫人酷愛綉鞋，便在畫錦里開設鞋店。我常隨母親去買鞋，她在店内挑選綉鞋，我在店門口看橱窗裏陳設的各種鞋樣，真是好看。同時也看到有不少女客進進出出，都是拎了鞋匣，滿意而歸。

後來我聽説：在所有到鴻泰源來買鞋的顧客中，最受人注意的是一位中年婦人。她住在浦東，坐着自備包車，搭小火輪到外灘，再到小花園畫錦里。鴻泰源老闆薛大榮親自接待。那位婦人選中幾雙女鞋後，並不帶走，而是指定要那個綽號「小財神」的店員（因在財神日進店當學徒，也因此使鞋店發財）親自送鞋到浦東，可得到賞錢。那位高貴的婦人，就是宋慶齡和宋美齡姊妹的母親倪桂珍。

幾十年後，我和中學同學薛根福説起往事時，他告訴我那家鴻泰源女鞋店主人薛大榮就是他祖父。他還記得有一個婦人到店裏買鞋，見到自己，常常愛憐地笑着拍他的頭。説不定我童年時隨母親到畫錦里去買女鞋，也就是這一家。真是天下真小，人生有緣。

戴春林
真正老牌
秘製鵝蛋粉
朝庭貢品
玫瑰胭脂
宮製茯苓霜
香粉
真正百年老店揚州
林

香粉弄里的戴春林

中國古代美女被稱爲「粉黛」。粉黛原是化妝用品。粉，最早用米碾成，加香料而成，如加紅花、蘇木等顔料，就成爲胭脂。眉黛有青、黑等顔色，畫眉毛用。蘇州、揚州以及杭州所産的香粉、胭脂和桂花油等化妝用品，全國聞名，小姐婦女十分喜愛。

上海開埠以後，在小花園畫錦里是二馬路三馬路連通山西路的兩條弄堂，西弄是專賣綉花鞋，東弄專售香粉，後來就名爲香粉弄。據説第一家香粉店的主人是杭州人戴春林，他以他的名字作爲招牌，因爲生意好，别人也在此處開設香粉店，招牌也都稱「戴春林」，有十一家之多。爲了區别，在招牌角落加上武林或杭州、揚州等地名，原來的戴春林衹得寫明「真正老牌」。還在店門口掛上「朝廷貢品」、「秘製鵝蛋粉」、「宫製茯苓」、「仙女香氣」等木牌，招徠顧客。真假「戴春林」太多了，後來者另想店名，有「月中桂」等，同名的也有三、四家。

我母親到小花園去，除了在畫錦里買綉花鞋外，也總要車夫阿二拉到香粉弄。「弄」比「里」狹小，弄的兩邊也都開滿店舖。她總是找門面最大的真正老「戴春林」那家去，爲我的姊姊們買胭脂香粉。可是後來她發覺有很多女顧客，都打扮得花枝招展，説話嗲聲嗲氣，行動輕浮邪氣，一打聽原來都是來自鄰近四馬路會樂里的妓院。母親不願和這些人一起，就不再光顧香粉弄。

我的兩位姊姊，本來也不喜歡「香粉弄」買來的化妝品，一是包裝陳舊，香味有些俗。她們喜歡到永安公司去買進口的化妝品，至少也是廣生行、家庭工業社等出産的國産貨，比「戴春林」的香粉好，也比舶來品便宜。我母親也開始用香皂、花露水和牙粉，這些也是民國以後婦女大衆的日常用品。

杭州張小泉
張小泉
剪刀大王

張小泉剪刀

每個人家都用剪刀，我家剪刀特別多。花袋店僱用人拆布袋，每天三個女工，每人一把大剪刀。我姨媽裁衣服，用中剪刀。我大姊綉花，用鍍鉻小剪刀。娘姨殺魚，用剪刀剪開魚肚。大家剪手、脚指甲，少不了剪刀。總之，掛在墻上放在抽屜裏的，幾乎處處皆是。可是輪到我做手工時，還要處處找。

母親説：這些大小剪刀都是張小泉那裏買的，我先以爲是人名，後來聽説是店名，最後纔搞清楚是張小泉這個人開的張小泉剪刀店，人名兼店名。

張小泉原來開在杭州，本來是一家不起眼的小店。清朝乾隆皇帝到杭州，遇雨避入，見櫃上擺着各式晶亮的剪刀，就買了幾把。回身問店主姓名，店主回答：「招牌上寫的就是小人名字。」乾隆回宫試用，果然不錯，贊曰：「好一個張小泉！」下一道聖旨，要保護這個張小泉，從此名揚天下。清朝推翻後，所有剪刀店都冒牌叫張小泉，皇帝的聖旨没有用了。

解放以後，上海在一九五六年社會主義改造，所有店鋪公私合營。毛澤東指出：「提醒你們，手工業中許多好東西，不要搞掉了，王麻子、張小泉的刀剪一萬年也不要搞掉。」十年以後，「文革」開始，紅衛兵把張小泉以及比張小泉更好的東西全砸爛了。

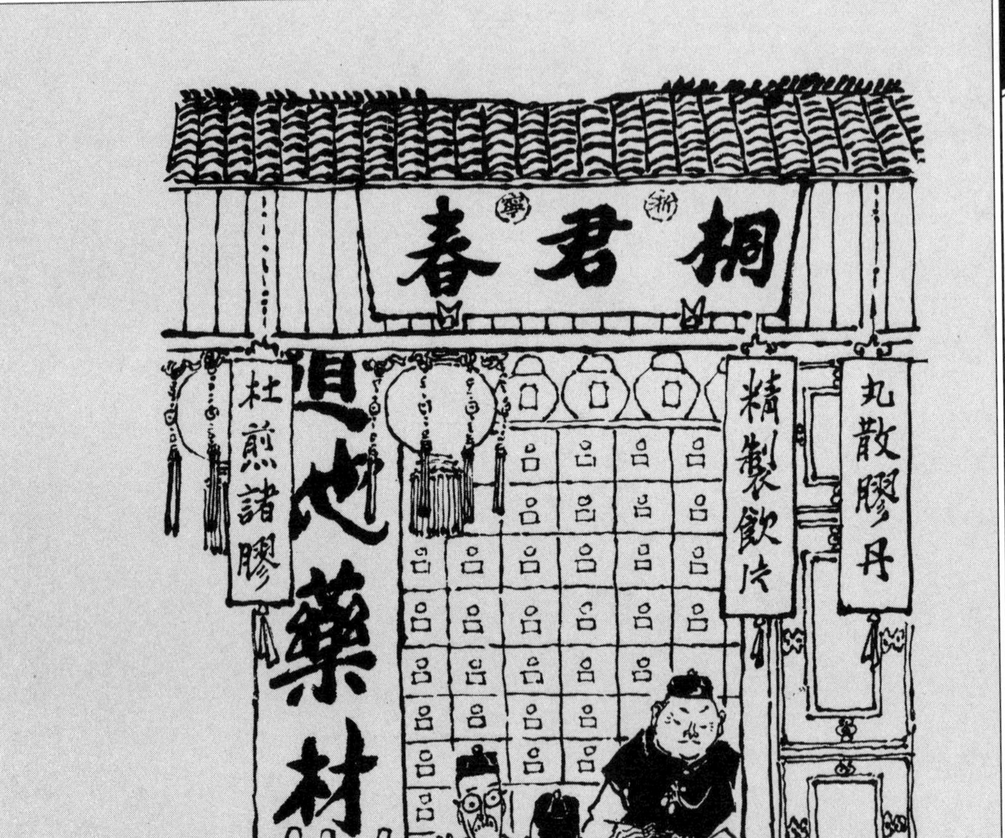
桐君春
杜煎諸膠
地藥材
精製飲片
丸散膠丹

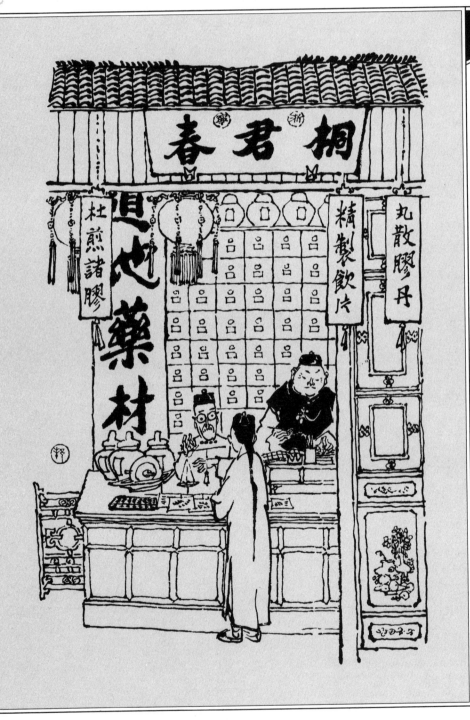

靈丹妙藥中藥舖

人吃五穀雜糧，身受風霜雪落，沒有不生病的；加上飲食不當，肚痛腸塞，傷風咳嗽，更是小病不斷。得病後，要看醫生。醫生開出藥方，病家到藥店買藥。

中藥舖都是臨街設立幾間門面，外懸長方形木匾，上有「道地藥材」、「丸散膏丹」字樣。靠墻設置許多抽屜和明櫃，內儲各種藥材和成藥，以備配方選購。

藥舖的組成，除了店東外，大致分爲門市和內棧。門市部職工稱爲「先生」，也稱「藥倌」，負責接待顧客，按方配藥。他們要當三年學徒，熟識藥材，資深者也懂藥性，甚至能從藥方中得悉病理和用藥條理，也能辨釋醫方難題，識別醫箋上的潦草字迹，他們是藥舖中的中堅骨干，可以算是「半個醫生」，寧波人稱他們爲「藥店倌」。

內棧部的藥工各有分司專職：刀部專司加工，也分南刀和北刀。南刀是專切參茸、半夏、厚朴、附子、玉竹等細貴藥材，北刀專切粗糙藥材。另還有碾工，將藥材用手杵和脚碾的方法，研壓成細末備用。斗部藥工專司每晚查視門市上藥屜中藥材的存缺，隨時補充供應。

上海有幾家各具特色的中藥舖，創立於清雍正二年的雷允上中藥店。店主名允上，少年多病，受業於名醫，病愈行醫。從事研製丸散，自製秘方成藥「六神丸」，爲消暑解毒妙藥，名聞四方。童涵春堂國藥號創立於清乾隆四十八年。創辦人童善長，經營得法，並加工精製名牌「人參再造丸」，具有香、糯、甜特色，有祛風活血功效，深受農漁民歡迎。蔡同德堂國藥店，創立於清光緒元年。創辦人蔡嵋青，經營飲片、配方和丸散、膏丹等，其自製的「洞天長春膏」成爲獨家出品的補劑，另有杞菊地黃丸、六味地黃丸等三十多種成藥。徐重道國藥號到處設有分店，藥材齊備，病家爲方便，都到附近徐重道去配藥。

我少年多病，但怕西醫打針，寧可吃中藥，可是太苦，一聞藥味就想吐。姨媽教我，揑着鼻子，一大口一大口吞下去。我喝了半碗就停止，連忙把手裏的糖朝嘴裏一塞，剩下半碗和藥渣一起倒掉。姨媽罵我：「不好好吃藥，病不會好。」可是我的病還是好了。

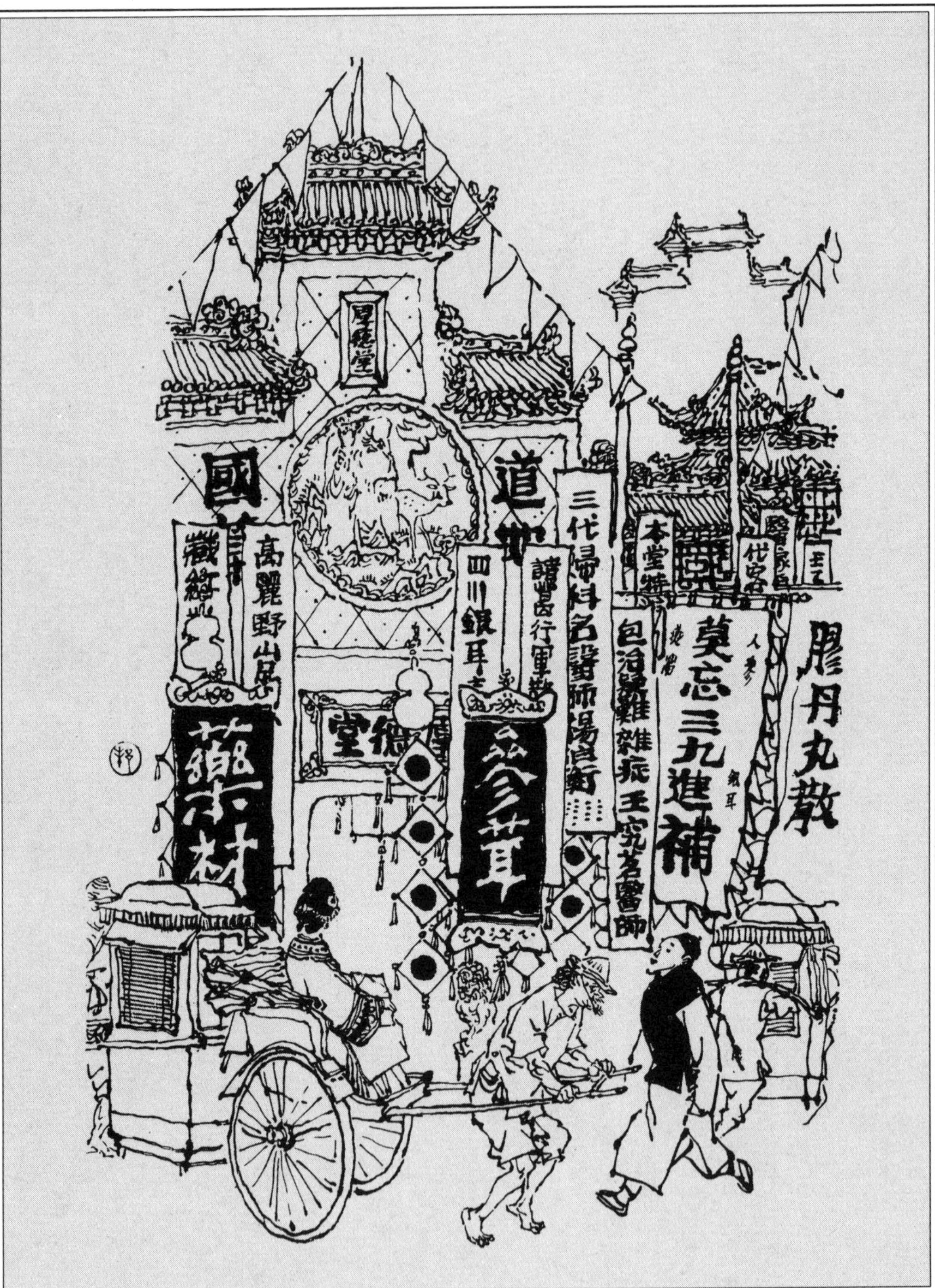
國
高麗野山
藥材
道地
四川銀耳
諸葛行軍散
參茸
德堂
三代婦科名醫師
本堂特
莫忘三九進補
人參
銀耳
膠丹丸散
王宛若醫師

膏滋藥和參湯

到了冬天，我家老小就開始進補。父親吃人參湯，母親吃「膏滋藥」。哥哥、姊姊們吃「西洋參」、「高麗參」。我太小，祇喝父親喝剩下來的參湯湯脚。

中藥舖雖然也有參、膏買，但我母親總要到南市小東門外鹹瓜弄去，那裏有一條街，開設不少參行、藥材行。母親外行，祇挑又粗、價鈿又貴的人參，而且一買就是幾支。她和姨媽服用的膏滋藥不是驢皮膠就是阿膠。驢皮膠黑色長條，阿膠棕色方塊，硬而發亮。我打開紙包，拿在手裏，翻來復去看，上面都有店舖紅印。兩塊相合，發出啪啪聲響。

煎膏滋藥是我最感興趣的大事，母親事先和藥店約定，某月某日，兩名煎藥師傅用車運來一隻大火爐和小圓桌面一樣的鐵鍋，在我家客堂裏生火，炭燒鍋子裏先放幾斤黃酒，然後將曾浸在水裏三天的阿膠一塊一塊放進鍋裏，我捨不得離開，一直站在鍋旁觀看，祇見鍋內硬膠塊在沸湯的酒裏，慢慢地溶化，發出一縷縷藥味的香氣。那位煎膠師傅就用長柄木匙，將已成濃厚的膏汁攪拌。另一位又不斷地加酒。鍋子裏散發出香醇的氣息。我在一旁多聞了有些頭暈。大約三小時左右，把膠塊煮成小半鍋膏汁。煎膏師傅就用湯勺將膏汁放進母親早就準備好的瓦盂裏。到午飯時，也不休息，兩名師傅輪流吃飯，還是不斷地在爐子裏加炭；燒水；不斷地將膠塊放進鍋裏煎熬。而我無心觀看，到下午四五點鐘，再去看時，已經完工。

煎成的補膏，在盂裏放十天以上，等結成厚漿，母親和姨媽纔每天兩匙，和着開水，一起喝下去，大概半個月纔喝完，這一年保證身體健康。

我父親喝參湯。喝剩的給我喝。有些澀嘴；有時還要我把參渣放在嘴裏嚼。俗語稱：「膠補血，參補神」。多喝參湯精神好，怪不得我父親中風後，五天五夜不噏氣，十分痛苦。如今我已八十出頭，少時也喝過不少參湯，不知道臨終時怎麼樣？

壽器

蘆粟汁水救人一命

一九四五年。抗日戰爭結束前夕，我大哥不知什麼原因，突然發高燒，神智不清，滿口胡話，有幾次狂吼一聲，從牀上跳起來，撲向窗口，要跳樓。大嫂拖拉不住，急叫救命。我們全家趕去將大哥按到牀上。他掙扎一會，又昏迷過去。

我母親焦急萬分，二哥請來西醫。西醫打了兩針不見效。再去請中醫，中醫診斷後，説是「漏底傷寒」，是傷寒病中最嚴重也是無藥可救的一種，醫生方子也不開，祇説一句：「另請高明」，又加一句：「準備後事」。

醫生的回絶和叮囑，使全家驚駭和悲痛。當時正是大熱天氣，而且美國飛機常來轟炸，人心惶惶，一片混亂。母親要二哥趕緊去張羅喪事。我們想到第一件必需辦的是買棺材。

我家馬路對面正好有一家棺材店。我平時路過，不敢朝店裏看。這次二哥拉着我一起去，我祇有跟隨。一進門，就感覺到一陣寒氣，四周都是嚇人的棺材，我看也不敢看。

棺材店老闆向二哥介紹「建板」、「陰沉木」、「杉木」、「楠木」等棺材價鈿。二哥説明情況。這時，店外有幾個過路人在旁聽，有一位老者忽然淡淡地説一句：「人没死，買啥棺材？漏底傷寒是没藥醫，你們給病人喝三碗崇明蘆粟汁水試試，死馬當活馬醫。」説罷，悄然離去。

二哥還是和店主預定棺材。回家後，和我一起頂着太陽趕到老閘橋，買了兩捆崇明蘆粟回來。全家動手，剥殼去皮，我和二哥將蘆粟用力對絞，絞出汁水，流到碗裏。大哥這時正昏迷，我們想法將汁水灌進他嘴裏。接着大家趕緊吃午飯，又動手絞汁，在大哥發狂前讓他再喝一碗。果然他没有像以前那樣要跳樓，而是平靜地躺着。夜飯過後，我們又給他灌一碗。當天夜裏關鍵時刻，全家通宵不眠。第二天清晨，大哥竟肅静無聲，我們發急，又發現大哥高燒已退，脈搏平穩。大嫂輕喚兩聲，大哥微睜雙眼，嘴露笑紋，原來已脱離危險，轉死爲生。

我和二哥又急忙到棺材店去，説明原因。問起那位老人，店主説從未見過，不知何人？祇説醫傷寒症的名醫是張聾甏，但已過世多年。

奉幫裁縫開西裝店

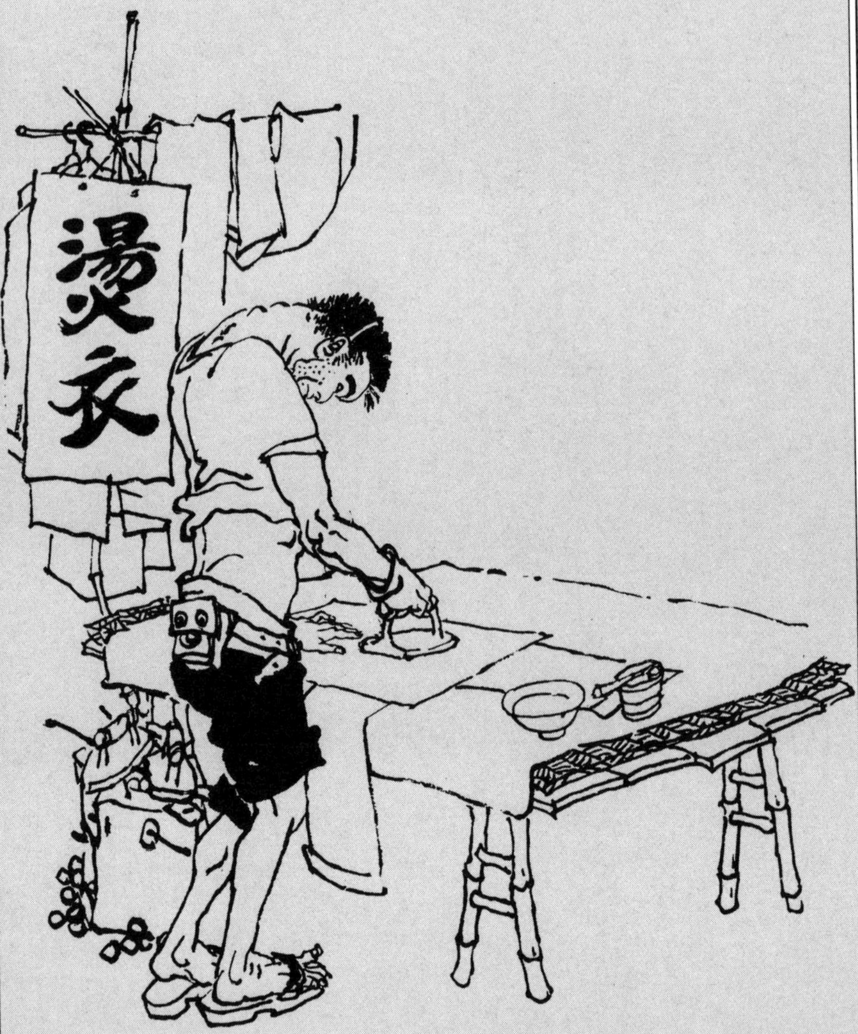

洋人到上海，身穿的西裝，舊了要換新。上海也有吃洋行飯的和學洋派的時髦青年，都是西裝革履，開口

「洋涇浜」英語，顯得高人一等。於是就有專做西裝的裁縫，因爲都是奉化人，所以稱爲「奉幫」裁縫。

西裝和長衫不一樣，穿着要合身還要挺刮，特别講究「襯頭」，加上燙工。「襯肩」墊得厚薄或高低，不能看上去兩肩不平。褲紋要燙得筆直，纔有精神。所以奉幫裁縫工錢大，生活也難做。

裁縫出身的奉化江口王淑浦人在上海南京路開西裝店，第一家「王興昌」（老闆王浚才）開門後，無人問津。第一個顧客是革命黨人徐錫麟，要在三天内完成一套西裝。老闆如期趕出，因而聞名。

五年後，王浚才的兒子王才運，繼承父業，在南京路口開設「榮昌祥呢絨西服號」。一直穿西裝的孫中山，從日本帶來一套陸軍士官服，親自設計，要求改製成直翻領、四貼袋、五粒扣的新式服裝，而且貼袋上要加蓋，做成倒山形筆架式，稱「筆架蓋」，表示重視知識分子，而五粒扣象徵五權憲法。「榮昌祥」老闆趕製完成後，孫中山穿在身上非常滿意，人們便稱這種加蓋袋、直翻領的衣服爲「中山裝」。

奉幫裁縫因革命元勛定製服裝而聞名。

在王興昌和榮昌祥之後，奉化江口王淑浦人都從事奉幫裁縫行業，而且在上海開西裝店。如裕昌祥、王榮康等，也都發了財。他們在家鄉王淑浦造起洋房、别墅，每到夏天，合家去那裏避暑。

我父親當碼頭工頭時結識另一個「工頭」王淑浦人王安福，兩人結拜兄弟，我二哥就認他們夫婦爲過房親。由他的介紹，認識那些奉幫西裝店的老闆。每逢禮拜天，跑馬廳開香檳票，母親總帶我到榮昌祥樓上陽臺坐着高櫈觀望賽馬。一九三二年上海爆發「一二八」事變，地方上支援十九路軍，向王興昌定製一萬條軍氈。老闆王和興一時拿不出錢買厚呢絨，向我父親「調頭寸」，我父親慷慨捐贈。王和興女兒訂婚，在大興里住宅辦喜事，我跟着父親去吃喜酒。裕昌祥兒子比我大幾歲，常約我一起去看電影。

一九三七年「八一三」事變，我避難到奉化，住在安福伯伯家。常去王和興一間一個樣、一種色的住宅，和裕昌祥法國式的房屋遊玩，打乒乓。後來日軍進犯寧波奉化，將這些豪華的住宅都炸毁。而上海奉幫裁縫的西裝店，也被新開的「匯利」等所代替。

寶元衣莊

衹重衣衫不重人

你別看上海馬路上有不少身穿上等衣料的長衫先生，坐在黄包車上招摇過市，其中有一些却是「身上綢披披，嘸没夜飯米」，裝闊的敗落户。上海灘更多的是平民百姓，買不起高價布料，也不進成衣鋪去請裁縫做新衣，就到專門出售七八成新的衣莊或衣攤去挑一件舊長衫穿在身上，裝裝門面，免得在「衹重衣衫不重人」的上海，穿「短打」被人看不起。

這種專賣舊衣裳的衣莊店，大多開在石路（今福建路）和二馬路至四馬路之間的一段。招牌很多是「寶元」或「豐泰」。抬頭一看，就給人一種喜氣。門口掛滿大小尺寸，長短不一的各式男女長衫旗袍，有花色的，也有灰藍的，每件衣服上貼着「真絲襯綢長衫貳圓」、「大減價貳圓伍角」或「便宜貨團花長衫叁圓」等紙條，吸引顧客。每天上、下午，總有兩個店員站在店前，高聲低調，一唱一和，吆喝叫賣。一面用鷄毛帚撥拂衣服上的積灰，還一下一下，有節奏地拍打着，引起過往行人注意。如果你稍立停觀看，馬上就有店員凑上來問你要不要買衣裳，非但價廉物美，還包你稱心。不等你回答，就將一件長衫披在你身上，非買不可。

這些衣莊和衣攤裏的衣服，來自被當鋪没收的，也有人穿舊了當舊貨出賣的，進價便宜，再經過衣莊和攤主整修和洗染，當便宜貨出售，也可以賺個對本對利。需要的衹需出低價便能買到四季單、夾、皮、棉、紗各色衣服，雖不太合身也不够體面，然衹要能御寒蔽體，可以對付也就算了。

我有個小學同學，記不得姓什麽，他坐在我前面一排。我看他常常换衣衫，大家都很羡慕他，以爲他家裏有錢，出套换套。他也常常在同學前炫耀，可是不許人碰他。有一天，我們跟在他後面，他發現了，急急逃跑，我們也急急追趕，忽然不見了，我們看到他鑽進衣莊店去，原來他是衣莊店小開，怪不得常常换衣衫。

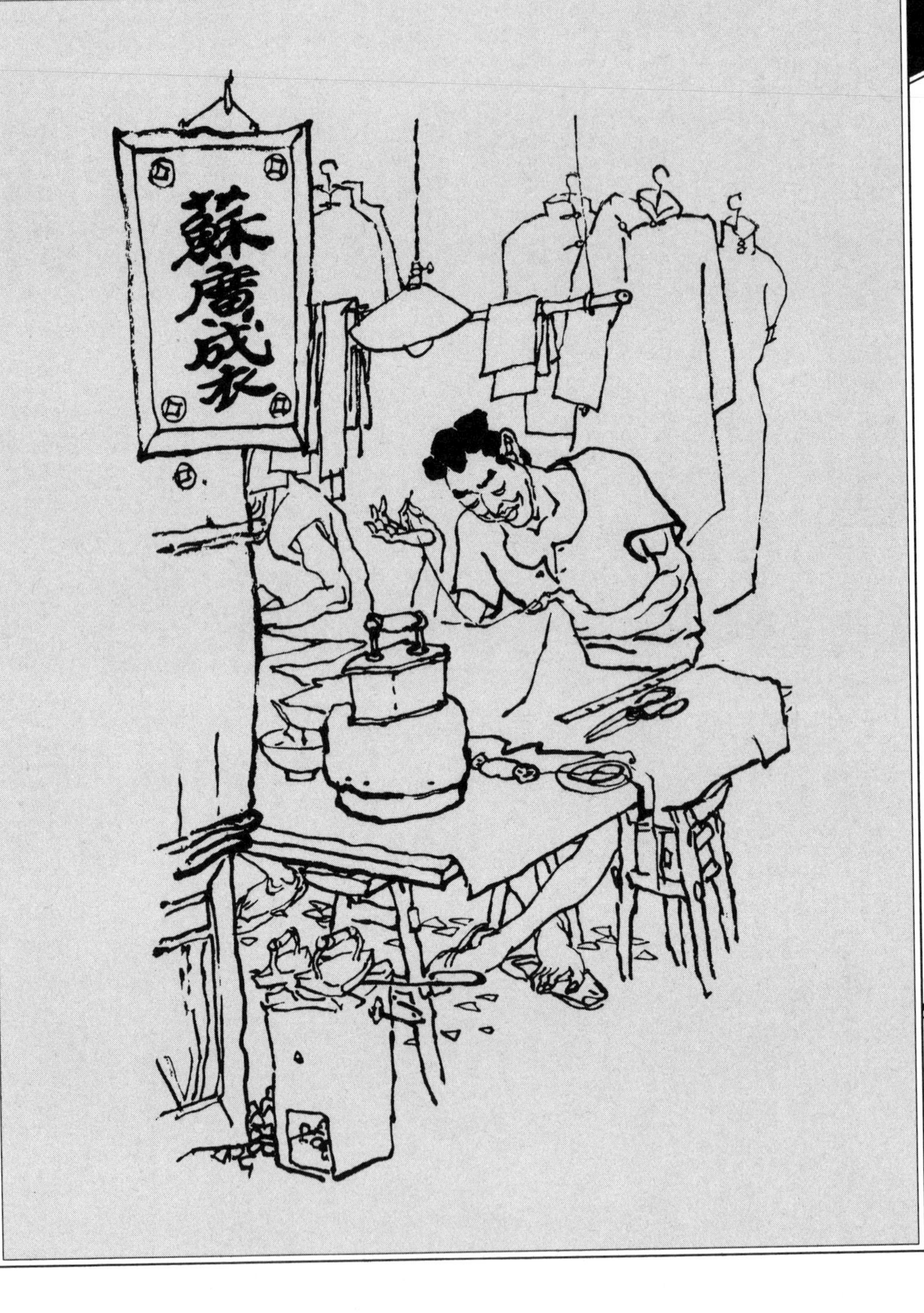
蘇廣成衣

裁縫師傅悲歡録

有一句俗語：「佛要金裝，人要衣裝」。在上海灘，看人先看衣裳。穿短打的是住在下只角的下等人，被人看不起，一定要穿長衫，纔算是上等人。於是有人在弄堂石庫門房子裏租間店堂，開設裁縫店，招牌都是「蘇廣成衣鋪」，是專門代客加工各種來料，縫製「蘇」式和「廣」式等中式男女服裝，稍有名聲的加上某某記的店號。老闆僱用兩三名裁縫師傅，熟練地在工作案板上操作，用「軒轅尺」量布，用剪刀照來客身材裁剪，再用針綫縫衣，慢則五天，快則兩天，就能將一塊布料製成一件長衫或旗袍。店裏除師傅外，還有兩個學徒。學徒比師傅苦。每天除生爐子，燙熨斗外，還要學做滾邊和各種花色的紐扣，小心服侍老闆夫婦（他們住在店堂的小間，師傅各自回家，學徒睡在案板或地板上）。三年纔能滿師，當學徒時要用功學，做師傅時要用心做。公館裏的老爺、少爺、太太、小姐，定做長袍馬褂，旗袍短襖，多一寸嫌太寬，太長，少一分怪太緊太短，要剛巧合身纔可得賞金。稍不滿意，當場訓罵，還要賠貨，甚至認爲裁縫店老闆偷布料，有一句俗語：「裁縫勿落布（揩油），一生一世苦。」

我家後門鴻福里就有一家蘇廣成衣鋪。老闆常熟人，身矮禿頂，老實誠懇。我家大小衣服都包給他做。我二姊出嫁，從内到外，一共要做二十八件。包括襯衣衫褲、春夏秋冬四季旗袍，再加上我家老小都要吃喜酒穿新衣，加起來有三四十套。必需在兩個月内完成交貨。老闆接到這筆大生意，喜出望外，馬上增加兩位師傅回掉其他生意，他自己也親自出馬，妻子幫學徒做滾邊和紐扣。他們日做夜做，做好一套送來一套。二姊爲人隨便，穿着覺得合身，非常高興，工錢以外，還給「喜封」（紅包）。我們試穿新衣，也都很滿意，衹是我大姊因妹妹出嫁在前，心裏不開心，就拿裁縫店老闆出氣，不是嫌太小，就是説太大，横不對竪不好，發起脾氣罵老闆，説他故意搗蛋。老闆哭笑不得，過大了可以改小，小了無法放大。他賭咒發誓：没有揩油衣料，寧可自己賠錢再去買布料重做。母親偷偷地把錢還給他，他感激得對我母親叩頭求拜，賺錢真不容易啊！

裁縫師傅也出狀元，有「女服之王」美譽的上海鴻翔時裝公司的創始人金寶珍，就是裁縫店學徒出身。他曾爲宋慶齡和胡蝶等名人做時裝而馳名上海灘。

湖絲棧裏包身工

老戴這幅湖絲棧女工的畫，使我想起夏衍寫的《包身工》，也曾在老的片段紀録影片裏看到過女童工在湖絲廠裏操作的鏡頭。

《包身工》衹是文字的描寫，没有具體的形象。單憑文字不可能有生動的想像，而片段的紀録，一刹而過，更不能展現她們的困苦和不幸。直到我觀看了明星公司出品、宣景琳主演的《盲孤女》後，纔像親眼目睹清末民初湖州廠女工的生活和悲慘命運。

《盲孤女》不是一般的叙述女工生活，而是通過一個曲折的情節展現包身工的悲劇。一個孤女翠英，父親死後，受繼母虐待，被迫到工廠做工，受到工頭調戲，她不屈從而被解僱，因終日哀求而失明，正在走向絶路的盲孤女，衹得賣唱爲生，她歷盡艱險困難，投海自盡，被富家子弟救起，後母良心發現，家人團聚，富家子弟對她也由憐愛而喜結良緣。

這部影片的結尾雖很牽強，也不符合當時女工生活的實際情況。編導衹是出自善良的願望，這也是二十年代中國電影以「改良主義」爲宗旨，以「大團圓結局」的一種戲劇格式。然《盲孤女》却是第一部描寫受剥削壓迫的女工生活，成爲中國電影新的開拓。女主角宣景琳塑造了中國銀幕第一個女工形象，成功地表現出上海灘萬惡勢力壓迫下勞動人民的困苦和掙扎，令人難忘。

我這段文字，希望能補充老戴這幅畫的内容。

江西
老
本號專營景德鎮上
細瓷紫砂
直接經銷
定製喜慶細磁代客免費鏨字
瓷

江西瓷器　手藝瑰寶

我的姊姊出嫁，嫁妝中少不了瓷器。一套銀臺面在外，至少還要兩套粗、細的餐具：盆、碗、盞、杯、碟以及湯匙、胡椒瓶和牙籤罐，每套共一百二十八件。此外還有花瓶、果盤、茶壺、蓮心碗、蓋碗、茶杯，等等。我舅父說南市羅家弄有幾家大的老牌瓷器店，專營江西景德鎮細瓷紫砂的瓷器，並定製喜慶細磁，代客免費鑿字。

我母親和姊姊先到羅家弄看貨。曾經在永安公司看到過西洋盆杯的母親，總感到江西景德鎮的瓷器，尤其是餐具，符合吃中菜的要求，當然非備不可。可是無論是顏色和花飾總嫌粗俗和古板。她又到永安公司去購買咖啡杯、糖瓶、大菜盆子以及花瓶，精巧而大方。

後來我進學校讀書，在英文課本上知道「中國」的英文字是CHINA。而瓷器的英文字也是China。外國人是從中國出品的瓷器定中國的國名，可見中國瓷器的權威性。

我曾經到江西景德鎮參觀，纔知道一個瓷器，從土坯到燒窑，要經過多少程序，瓷器工人真是千辛萬苦，日夜奔忙。窑火灼傷他們肉體，也鍛煉他們的精神，我又拜見了幾位畫師，他們一筆一筆在土坯上描繪出精美圖畫，不僅供人欣賞，還點綴了人生世界。

瓷器是我國民族文化的瑰寶，也是中國藝術之魂。

大利祥鐵行
店
金
大利祥
鐵
東一

北京路的鐵器店

我總認爲上海真正繁榮是在孫中山先生不當非常大總統，到上海提倡民生主義開始。南京路開設了華僑創辦的四大百貨公司，原來在裏白渡橋的許多鐵器行業也搬移到北京路。那些鐵店出售各種號碼的鐵管、鐵條等以及大小不同的鐵矛。有的稱鐵號，有的還美其名爲「五金店」。一家連一家，馬路兩對面排成兩行，北京路成爲鐵店的行業中心。

父親告訴我：從泥城橋到外灘他開辦的棉花號，天天要經過這條北京路。原來北京路的鐵店不多，顧客也少，來往行人寥寥，白天人稀少，夜裏更冷清。自從北京路貴州路開設一家「大加利」菜館，對面又有演出女子越劇的「湖州旅滬社」。加上北京電影院（後來改爲麗都），不久又開辦金城大戲院，於是這一路段，從早到晚，又是車又是人，川流不息地到戲院來看戲、看電影（我每星期上午到「麗都」看「卡通集錦」和二輪的美國片，母親到湖州看紹興戲），還上「大加利」吃西菜和菜。冬天這裏還增設「菊花鍋」。三十年代，北京路口還開設了祥生汽車公司，汽車進進出出，喇叭聲不斷，增添多少熱鬧。

抗戰爆發後，百姓從閘北逃難到租界，有的在北京路開店、租屋。整條北京路除了鐵行外，又多了各種店鋪。到了四十年代，人口更多，來來往往，非常擁擠，祥生汽車公司祇得繞道走。無軌電車、三輪車、黃包車，還有黃魚車，把整條馬路堵得滿滿實實，真是水泄不通，總要堵上一刻鐘，動也不動。於是人喊車叫，喧嘩不止。鐵店有了買主，鐵管也運不出去。老闆祇得站在門口望着天嘆息。想想還是裏白渡橋好。

浴室
日興池
早上水包皮
下午皮包水
多沐浴包健康
新式按摩包滿意
新設西洋盆浴請君光臨
全國各大藥房
均有經售
特請
呂文彬彈唱
白蛇傳
大世界書場
艾羅補腦

聽説書先生説自己

我不談評彈藝術的起源和成就。我衹説我過去看到和知道的評彈和藝人們的一些故事。據老人講：蘇州説書先生最早是在上海老城廟登場。説評話的金耀祥每天日裏在豫園説兩檔書，夜檔到租界茶樓。聽客也連趕三檔。他每檔都唱同一回書，而「噱頭」都不同。福州路有一家書場匯泉樓，從上世紀二十年代起就有朱耀庭、朱耀望、楊小亭等説書；三十年代有夏荷生、沈儉安等；四十年代有張鑒庭、張鑒國、蔣月泉、王伯蔭、周雲瑞、唐耿良、陳希安等等諸位評彈藝人長期演出。我也就在匯泉樓聽過張鑒庭、張鑒國説書。

我還在大世界和東方書場等處聽醉霓仙兄妹三人説唱，聽評彈女王范雪君説《秋海棠》。

五十年代，我的中學同學吴宗錫擔任上海評彈團團長，我經常去仙樂書場聽書。我迷上蔣調和麗調，一段段中篇成爲我百聽不厭的書目。我由影迷、京戲迷成爲書迷。對評彈藝人高超的藝術欽佩不已。

八十年代，我和童話作家包蕾一起想寫一部評彈藝人生活的電影劇本，去蘇州評彈團訪問老藝人。他們談在舊社會的苦難，尤其是徐雪月含着泪回憶她與徐麗仙一起學藝的坎坷經歷。

我們又去上海評彈團訪問，舉行過三次座談。聽張鴻聲談姚蔭梅的母親在老城廟説書，有流氓去她家搗亂，她在樓梯上高舉椅子，嚇退衆人。她生下姚蔭梅後，她前臺説書，兒子在後臺哭，觀衆讓她把嬰兒放在桌子下睡覺，她照樣説書。我聽張鑒庭談他在説書前，原來唱過紹興戲，所以在《花廳評理》中能説一口紹興話。最令我難忘的是我單獨採訪朱雪琴，她從自己出身，離開親生父母，跟養父學説書，從此她經歷了人生苦旅，受盡了人世苦楚，直到解放，纔獲得新生，唱出了激動人心的琴調。今年是朱雪琴逝世十周年，我看到由她兒子發起的紀念演出，感動萬分。

唱錫灘的青寶姑娘

上海大世界遊樂場開辦之初，三樓共和廳有個「灘簧場子」，由蘇灘、本灘、錫灘和寧波灘簧，日夜輪換

演出。錫灘的班主是袁阿仁。他自拉自唱，每隔兩天，總要和他的女搭檔唱一段他師娘青寶姑娘編唱的曲調。

臺上唱得喉嚨啞，臺下聽得淚汪汪。

青寶姑娘和錫劇祖師爺徐金巧有一段悲慘的婚姻故事。朱青寶是無錫羊光嚴家橋人。童年喪母，唱錫灘的父親將她送人當童養媳。日種田，夜紡紗，一天三頓吃不飽，夜裏還不讓睡個安穩覺。她實在受不住虐待，逃出婆家，跟着父親，遠離家鄉，外出唱灘簧。父親拉胡琴，她隨口編唱。她長年穿一套青色衣裳，人們叫她青寶姑娘。她一出場，就滿堂紅。一開口，就滿堂彩。

父親年老多病，怕自己死後女兒吃苦，就作主與女兒的婆家斷絕，不再做養媳婦；再親自選中女婿，要青寶與紙扎店學徒出身的同鄉徐金巧結婚。喜事辦好，父親兩眼一閉，安心離世。

從此以後，小夫妻倆同進同出，同臺演出。丈夫能拉能唱，妻子能歌善舞。當時錫灘有規矩：不妒同幫、不可改行、不唱荒唐、不嫁虎狼。青寶姑娘條條做到。由於她身受當童養媳的苦，又看到世間女人多命薄，她都編成說唱，替女人家說話，反對父母爲命的買賣婚姻，提倡男女戀愛自由。聽衆們說她：「青寶姑娘唱一夜，十個寡婦九改嫁。」官府罵她傷風敗俗，禁止她上臺。她祇得四處流浪，走到哪裏，唱到哪裏，處處受到百姓歡迎。給婦女們帶來福音。

青寶姑娘三十歲那年，安鎮大鄉紳做壽，要她夫妻去唱堂會。鄉紳看中她，騙她到膠山「西嶺別墅」，欲行非禮。青寶將鄉紳打倒在地，跳墻逃走。官府派差役四處搜查，青寶姑娘不敢回家怕連累丈夫，祇得偷偷到八士橋清蘆菴去出家，削髮爲尼。可憐一位色藝雙絶的錫灘女旦，竟蒙不白之冤，湮没人間，人們再也聽不到她蓋世無雙的美妙曲調。

她的丈夫徐金巧找不到妻子，忍不下這口冤氣，到衙門告狀。官老爺反冤枉他誣告鄉紳，不許他再唱灘簧。金巧無奈，請人把青寶姑娘過去唱的山歌編成十八出折子戲：《拔蘭花》、《約四期》、《沈七哥》、《小寡婦上墳》等，帶了徒弟袁阿仁，自己扮女旦，穿起青寶姑娘那套衣裳，學青寶的唱腔，處處唱，年年唱，最後口吐鮮血，死在臺上。

徐金巧死後，袁阿仁背着胡琴，從無錫唱到上海，從茶樓唱到大世界，唱青寶姑娘傳下來的十八出折子戲，唱出錫灘藝人的悲慘命運。

奠
奠
奠
奠
宛容常

笑聲泪痕獨脚戲

小時候去「大世界」、「新世界」等遊樂場，我最愛看的是「獨脚戲」。在專演「獨脚戲」的場子裹，從日到夜，一班連一班，幾位名牌演員，依次上臺，又説又唱，還有化妝表演，看客笑得上氣不接下氣。

最早唱「獨脚戲」的是蘇州人王無能。曾在公平洋行當差，會各種方言和口技，先在文明戲班子裏演丑角，自己也出堂會，自編自演《各地堂倌》、《寧波空城計》和《哭妙根篤爺》，由搭檔錢無量拉琴，相得益彰。他日夜奔忙，體力吃不消，衹得吃鴉片，日久成癮，不勝負擔，曾有高麗人和他訂約：每月免費供應烟土，但死後要把體内被烟薰黑的骨頭交給他們抵債。果然，他一死，高麗人就來取骨。王無能的朋友大家凑錢，保存了他的屍骨。

我看過江笑笑和舉人出身的鮑樂樂的表演，他們能編段子和唱詞：《火燒豆腐店》、《瞎子争洋傘》，百聽不厭。他們還編過《明倫堂》，祝枝山舌戰衆生。江笑笑的杭州話令人絶倒。

我最愛看潮流滑稽劉春山，劉春山從小隨父母在城隍廟收板櫈錢，諳熟「賣梨膏」糖、「浦東説書」曲調。能將當天社會新聞編詞押韻，隨口説唱，很受觀衆歡迎。上海抗戰時，他宣傳抗日，敵僞特務對他監視，不準演出。他貧病而死。

笑嘻嘻告訴我，有一個姓薛的，和搭檔合唱《活捉東洋人》，日本進租界後，搭檔不敢再唱，姓薛的獨自在外國墳山繼續駡日本，漢奸將他捉去，活活燒死。

還有裴揚華與程笑亭搭檔，在新新公司樓上新都劇場演出《小山東到上海》、程笑亭演巡長，冷面滑稽，滿臉白粉，查户口一場，自嘲和無知，將僞警諷刺嘲笑，淋灕盡致，連演兩年，場場客滿。後來也演僞警者無人可比。

老戴這幅畫是我長篇小説《大世界傳奇》的插圖。滑稽演員一胖一瘦，我是以陸希希、陸奇奇爲原型。兩兄弟既喜又悲的遭遇，令人笑出眼泪。畫中兩人爲死人在靈堂上唱滑稽，真是啼笑皆非。

二排
包

京戲院的三樓戲迷

我大舅父開戲館。我從小愛看京戲。每逢禮拜天，我們兩家十幾口人，總要到戲館去看戲。當時專演京戲的戲館有大舞臺、天蟾舞臺、更新舞臺、共舞臺等。因爲我家是各大戲館的常客，每逢有新戲開場，或從京津請來的名角登臺，加上年底封箱、新春開鑼，逢時逢節，總有戲館僱用的「案目」前來送票，少則六張，多則一排。到那一天，我一家老小坐車到戲館。「案目」早在門口等候，抱我下車。恭恭敬敬地在鑼鼓聲中引我們進到正廳，總是第四、五排（太近吃灰，太遠看不清角色扮相），我因矮小，案目事先在正中座位上再加一隻小櫈。我坐在櫈上，不會被前座看客擋住視綫。在我們座位前，也是前排椅子的背後，有一長條擱板，上蓋白色罩布，有四到五隻銅製高脚盆，盆內有水果、瓜子、糖食和香烟，邊吃邊看。我是小戲迷，祇顧看戲。從頭看到底，不打瞌睡，也不知疲倦，散戲回家，還是精神十足。

那些戲館，除了樓下正廳外，二樓是花樓，有的還有包廂，而且都有三樓。三樓票價最低，有的還是看白戲。看客都是下層社會的勞苦人民，有工人、小職員、車夫等，他們都是十足的戲迷，每夜非看京戲不可。所有名角都看過，所有戲目都熟悉。演員一出場就喝彩，角色一開口就叫好。他們是京劇的「啦啦隊」，是最忠實的戲迷。戲館没有他們就不興旺、不熱鬧。

我記得看連臺戲《狸猫換太子》時，演包公的小達子一出場，他總是抬高了頭朝上看三樓，三樓看客就響起滿堂彩。小達子越唱越響，三樓看客似瘋似狂。麒麟童唱《追韓信》和《徐策跑城》，散場後三樓看客一路走，一路唱，還學麒派的「追」和「跑」。

我印象最深的是母親帶我到天蟾舞臺看《滿清三百年》，突然下起傾盆大雨，三樓漏雨，看客渾身濕透。可是他們堅持到散場，冒着雨走回家，還三三兩兩談戲。

如今這些戲院都拆光，新戲院票價太高，那些三層樓看客真正的戲迷看不起戲。我自己也祇有在電視機前看京戲，過一過癮。

江南滬上第一家南北梨園粉墨登場餘音繞
得
意
禮拜六日夜加演好戲

茶園滄桑録

我大舅父開過戲館，知道京戲在上海的來龍去脈。他曾經告訴我上海梨園的沿革和京劇名伶的掌故軼事。

上海京劇的發祥地，最初在城内縣前街，由幾個吃衙門飯的開辦茶園，最出名的是「三雅園」，由顧姓的住宅改設演出崑曲。後來，隨着商市的發展，在寶善街一帶開設了大觀茶園、同春茶園、迎仙茶園等。這條寶善街人們稱之爲「戲館街」。早期的上海名伶常春恒、小長庚、七盞燈、李春來、林樹森、夏月恒兄弟、麒麟童等長期登臺演出。這些京劇藝人在此出名而走紅，成爲海派京劇的先行者。

名伶的出名，來之不易，决非偶然。有個唱「開口跳」（武丑）的滿天飛，手脚敏捷，身段活潑，一時無雙。他就是後來馳譽九京的武丑張黑。大觀茶園園主黄月山，也擅演京劇，與韓桂春合演全本畫春園。兩人對打，還赤身從帳頂翻一觔斗落地，聲音全無。跑臺一場，將正廳中的客座向左右移去，讓出餘地，韓桂春自帳頂翻出後，又一躍上臺，其蹻工健深，後無來者。周春奎工王帽戲，氣度堂皇，嗓音響亮，演關公獨樹一幟。武生夏月珊，演花蝴蝶，翻四隻桌子，無人能及。有一武生（我忘其藝名）有三上吊絶技，即在臺上飛身。某次，因不慎頭撞石柱，當場死亡。也有内監名小穆的，偷出宫門，上臺演戲，唱唸表演，超人一等。後爲慈禧太后得知，押解回京。北方名伶汪桂芬，來上海天福茶園演出，包銀五百，然演戲敷衍了事，臨場請假，回戲。茶園老闆是一名軍官，怒不可遏，猛擊其頰，使名伶名聲狼藉而北返，從此不再南下。

後來，夏氏兄弟在九畝田建造新式戲館、新舞臺，茶園歷史就此告終。

小弟亦是绍兴人

紹興師爺

明清時期，對官府幕僚稱之爲「師爺」。絕大多數「師爺」的原籍是浙江紹興府人，故被稱爲「紹興師爺」。他們家傳師授，外縣人士均不得染指。「師爺」可由官府的各級長官聘請，上自督撫，下至州縣，對於他們皆待如上賓，遇事則以求教口吻咨詢。他們自稱「作幕」，對長官概稱「東家」，自稱「兄弟」，表面上彬彬有禮，事實上矜持自傲的居多。當年一些做官的並不太熟悉公務，所以日常事務全聽憑師爺們指使擺佈，故此因循沿襲地形成這種奇特局面。

「師爺」也分爲好幾種：「刑名師爺」熟讀律條，精通案例，專辦判刑的案件。「文案師爺」專管上行下行的往來公牘文件。「錢穀師爺」專管核算收取田賦、地丁、錢糧之事。「奏折師爺」專爲高級官吏向皇帝内閣遞呈奏折的文件。「書啓師爺」專寫往來書信。「師爺」的地位雖高，却不屬正式官吏的編製，祇能由作官的自費聘請。

大多「師爺」爲人貪婪勢利，勾結吏役，受賄枉法。他們雖不是官職，權勢有時比正印長官還大，而且奏效，因爲他們遇事可以引用律條駁斥東家，而東家却不能以自己見解來駁斥師爺。當然師爺中也有不少剛正不阿，正直廉潔的人，遇事不平也會據理力爭。評彈中著名的傳統節目《花廳評理》中的「師爺」，便是膾炙人口、爲人們所稱贊的「紹興師爺」，由評彈藝人張鑒庭起此角色，堪稱一絶。

法律面前人人平等？

上海開埠後，洋人在租界設立「會審公堂」。洋人享有治外法權，他們犯法，自有律師幫他們辯護，事實上是庇護，而對華人犯事，則處以極刑。

舊時的衙門，在開埠後改爲法庭。「衙門」也好，「法庭」也罷，窮人有冤無處申訴，即所謂「衙門八字開，有理没錢莫進來」。即使家道小康，略有財產者，打一場官司，上上下下，裏裏外外，都要一一打點，少一不可。往往將家産搞光，纔能贏得一場官司。

打官司先要請訟師（即律師），訟師包打官司，他們不是官吏，在社會上專替人家寫狀，他們熟悉律法，也善於鑽空子，在文字中搞花樣，甚至顛倒黑白。他們又與衙門裏的人熟悉，祇要肯花錢，有罪可判無罪，甚至原告可變成被告。

租界時代，有工部局律師，如猶太富商哈同的遺産案，就是工部局派白朗律師處理。我認識一位哈同大學畢業的吴凱聲先生，他去法國留學回來，在法租界會審公廨當律師。後來自己掛牌辦律師所，曾經辦「陳阿堂慘案」、「新大明輪慘案」，爲國人申冤而出名。租界還有巡捕房律師公訴犯法者，也有强盗律師，爲强盗辯護。

墨香閣
寫真
喜神
閑人莫入

城隍廟畫師

我從小喜愛畫畫，常常拿一支鉛筆，照着連環畫上的人物，關公、張飛，畫了一張又一張。後來看美國狄斯納卡通米老鼠，更是喜歡，也容易畫，就買了一本簿子，畫了又畫，還用顏料上色。我又畫滑稽明星卓別林，可是畫不像，心裏很懊惱。而對好看的畫，總是看了又看，羨慕不已，希望自己將來也能成爲一個畫家。

母親每逢初一、月半，總帶我到城隍廟去燒香，我最感興趣的是城隍廟各種地方風味的小吃，也有買日常用品的小店和貨攤。貨攤上有玩具，每次我總要買回一兩件。有一次我經過一家名叫什麽「閣」的小店，門口掛幾張配有鏡框的畫像，電影明星胡蝶、阮玲玉，還有國府要人林森等，畫得非常像，和真人照片一樣。我不由得跨進店去，衹見有一個年近半百戴老光眼的男人，在臺面上鋪着一張用鉛筆打着大格子的白紙，左邊有一張照片，照片上壓一張劃着紅色小格子的透明片子，他右手拿着蘸有墨粉的畫筆用放大鏡看，一格一格照着小格子裏的照片，畫在紙上的大格子裏。完成後，就是一張與照片一樣的畫像。我如獲珍寶，立刻要母親掏錢買下放大鏡、墨粉和那張透明片，高高興興地捧回家去，躍躍欲試。可是畫什麽？畫誰？我在母親保存的照相册裏尋找，找到了我尊敬而又心愛的父親的照片，那是他四十多歲時拍的，神氣十足，精神飽滿，兩條濃眉，鼻梁挺直，雙目深凹，正好是一幅畫像。我將鉛畫紙上用尺劃上格子，再學城隍廟那位畫家那樣，用放大鏡看着透明片下的父親照片，一格一格地描繪着。我不願讓別人看到，想畫成後再讓他們看，一定大吃一驚，家裏出了個大畫家！我足足畫了三天，第四天完成，畫得真像和照片一樣。我非常得意，先拿給我母親看，誰知她看了面孔一沉，責怪我：人死之後，纔畫遺像，父親還健在，怎麽可以先畫遺像，要觸霉頭！她趕快把那張畫没收，也不許給別人看到，更不準讓父親知道。

我心裏非常懊惱，還以爲母親迷信，暗暗不服。從此把放大鏡扔掉，墨粉倒掉，透明片燒掉。未料，不出三年，我父親果然患病逝世。我想起那張畫像，悔恨不已。

道教文化的魅力

人死之後，家屬就要爲死者超度，在寺廟裏做佛事，放焰口和做道場。我父親生前在奉化惠政大橋買下一個規模大，財物多的大當鋪，在裏面造五間二層的房屋，他五十九歲時就死在這當鋪的住宅裏，大辦喪事，放三天焰口，做三天道場。祇見滿屋烟霧，和尚唸經，道士奏樂。我們孝子賢孫在喧鬧聲中哀悼親人。

此後家裏每年都要到厦門路尊德里的菴堂裏去，請尼姑唸經。每隔三年到靜安寺或玉佛寺去放焰口。我雖不相信迷信，可是作爲孝子，總要去向父親靈位磕頭，還坐等佛事結束。和尚唸經我總覺得太冷清，而對道士在做道場時吹打樂器和齊聲和唱感到非常動聽。

我看過很多戲曲和小説：對道士大多貶低。四大名著：《西遊記》、《紅樓夢》、《水滸》、《三國演義》等對道教有所光揚，也夾雜迷信。後來多看些書，纔知道教教義由於道家。道家敢同儒家分庭抗禮，長於玄思宇宙，洞見本根，立論恢宏，氣派博大，堅持「道法自然」的自然觀，探索宇宙和生命的奥秘，堅持「無爲而治」。老子的《道德經》、莊子的《太宗師》非常深奥，道家思想和道教意義有：哲學、政治、道德、養生和軍事等篇，與佛教的哲理、修持有所不同。佛教宣揚「出世」、道教主張「入世」。不能與種種傳説和宗教習俗等迷信行爲混爲一談。

現任上海市道教協會副會長戴敦邦，於新世紀初出版道教人物畫集。將道教諸神與神仙、道教俗神、道教人物一一描繪並附釋文。我閲後茅塞頓開，非但領悟道教宗義，還欣賞道教美術，美焕絶倫，是世界宗教繪畫的瑰寶。

我在道場裏聽到道家音樂，而道士出身的瞎子阿炳的《二泉映月》更令我出神。二〇〇五年一月二十日，上海道教協會，在城隍廟舉行迎新活動，邀請國畫大師程十髮，著名影星潘虹、笑星王汝剛和陳耀庭、劉仲宇兩位教授等出席，我是陪客。大家肅静聆聽城隍廟小樂隊演奏《迎仙客》、《玉芙蓉》、《步虚》等「道之樂」。十髮老稱之爲「仙境仙樂」。我也深感道教文化的無邊神通和奇妙魅力。

小人書裏大學問

我在上學前，不識字，看不懂兒童讀物。當時有一種名爲「小人書」的畫冊，由畫家將一個故事畫成幾十

小書攤

余稱之謂夫夫大大的外祖在吾家鄰近擺置小書攤糊口度日，此老是親屬輩唯有的知者，打得一手好算盤，并能吹奏古笙，但不知他何日收最後的攤告別風塵的……至今追憶我的這位先輩與同行時使余潸然。

戊辰邦記

幅或近百幅的畫加上簡單的説明文字。我就在這些小人書上知道不少歷史知識和文學故事：三國誌裏劉關張桃園三結義、群英會、諸葛亮三氣周瑜和宋朝岳飛抗金兵等等。我還照着書上的畫描繪、學畫，想當一個畫家。

這種「小人書」，不僅僅給小人（兒童）看，很多不識字的大人也愛看。我姨媽也總是看得津津有味，還把自己知道的故事向我解釋。後來我識了字，把書上的説明念給她聽。

這種「小人書」不在書店裏賣，而是在弄堂口和街道角落。有一位老人擺着小書攤出租，他在木頭書架上整整齊齊排列着半新的「小人書」，還將剛出版的新書排在前面。書架旁有一兩隻長板凳，小朋友拿出兩個銅板，坐在凳子上看，看好還給他，再借，再付錢。小朋友們換着看新書，看了不肯放，看了一遍又一遍。這位老人就來催你，不許多看。

我不願坐在攤子旁看，就租回家，一天八個銅板，其實很合算，因爲一本書可以幾個人看。

「小人書」是中國獨有的大衆讀物，而且以圖爲主，都可以看懂。人們從小人書裏學到很多知識和學問。

我知道：很多名人，包括大文豪魯迅都欣賞這種「小人書」。後來大家稱爲「連環畫」。

老戴非常生動地畫這幅「小書攤」，他還在畫上用小字注釋：

余稱之謂夫夫大大的外祖，在吾家鄰近擺置小書攤糊口度日。此老是親屬輩唯有的知者，打得一手好算盤，並能吹奏古笙，但不知他何日收最後的攤告別風塵的……至今追憶我的這位先輩與同行時使余潸然。

戊辰邦記

我讀後震動不已，曾繪製過連環畫的戴敦邦，近廿年又出版十多本人物畫册，受到國内外贊賞，獲得很高榮譽，他稱爲大大的外祖父竟擺過「小書攤」，而且是一位具有古雅文化修養的知者，絶不會衹是爲了謀生，而是爲了使普天下的平民百姓學到文化。這位可敬的老人不會想到他的子孫中就有人成爲連環畫家；功成名就之後，在民族文化瀕臨低潮之際，勇挑重擔，負責中國美術家協會連環畫藝術委員會工作，主辦連環畫博物館，還爲了振興連環畫身體力行，不惜抱病繪製新連環畫《大亨》三百幅。他的那位大大的外祖父在天有靈，當歡笑不已。

亭子間作家

過去，上海灘有不少文人，有的教書，有的投稿寫書過日子，收入少，稿費不多，祇得租借石庫門弄堂房子竈間樓上的亭子間居住。人稱他們是「亭子間作家」。

我就拜望過在二三十年代風行一時的小説家顧明道。他著作的言情小説和武俠小説有三十餘部之多。其中《啼鵑録》、《芳草天涯》、《哀鵜鶘記》、《海上英雄》、《荒江女俠》、《茉莉花》、《草莽奇人傳》、《奈何天》等等。大姊愛讀顧明道的言情小説，看一部，哭一部。我看不懂，却迷上了根據他小説改編的武俠片《荒江女俠》，連看十三集。女主角徐琴芳由此而走紅，我也由此知道顧明道大名。

顧明道生於一八九七年，江蘇吴縣人。畢業於蘇州振聲中學，任國文教師。二十年代，曾與嚴獨鶴、程小青、鄭逸梅等人組織星社，從事文學創作。可是他身患殘疾，下身癱瘓，祇能卧床寫作。全部收入供弟妹讀書，以至成家立業，唯獨不考慮自已婚事。鄰村某姑娘對他的人格和品行十分欽佩和愛慕，親自上門，自願結爲伉儷。從此夫妻倆共享家庭之樂。不料抗戰爆發，日機轟炸吴縣，謡傳日軍即將侵入，人們紛紛逃難。顧明道不能行動，也不願累害妻子，勸其逃難。妻子怎肯捨棄丈夫不管，就將顧明道背在身上，逃出戰火，真像顧明道書中的女俠。他們到達淪陷後的上海，多虧朋友幫助，住進石庫門亭子間。爲了生計，繼續寫作，也出於愛國熱情，分别以鄭成功、陶潛、陸游等古人事迹爲題材來針砭現實；長篇《英雄喋血記》、《磨劍録》等熱情贊頌中國近代史上反抗異族入侵的人民鬥争。可是他終日埋頭筆耕，積勞成疾，難以提筆，祇得招收學生，教讀國文，靠學費收入苦度艱難歲月。我聽到後，曾跟隨友人去他家訪問。那天正是五月中，祇見他躺在床上，奄奄一息，但還勉强撐持，將學生預付的學費退還，並稱自已不久人世，不再教學。我和學生們悄悄退出。幾天之後，傳來噩耗，一代文人留下數百萬字文章，含恨離世。

報館

傳送新聞的報販

在正式出版報紙以前，就有人將當地新聞或時事編成文字，石印成「報」。因常常是在早上發行，所以稱爲「朝報」。爲了讓「朝報」送到讀者手裏，就得僱用人去賣「朝報」。那些「賣朝報」的將「朝報」用漿糊粘在小木片上，再用竹竿插進自己後背衣領裏，一手提鑼，一手拿竿，叮叮敲着唱：「新出新聞賣朝報，二文就可買一張！」引起主顧注意，這是最早的「報販子」。

後來，因這種方式十分不便，而且動作較慢，也不容易吸引讀者，編報的事先將新聞編成唱詞，讓報販邊走邊唱，人們稱他們爲「唱新聞」。

隨着社會的繁榮，上海引進西方印刷術，正式出版報紙。如一八六一年字林洋行主辦《上海新報》。一八九三年，中外商人合辦《新聞報》等等。紙張多，發行數量大，不能再由幾個「賣朝報」的一路「唱新聞」一路賣報，就由報館僱用報販。因上海各家報館大都開設在三馬路，每天早晨把印好的報紙集中在望平街，報販就到這條「報街」來取報。報販多了，不好管理，就自動組織「捷音公所」。報販們肩上掛着印有「捷音公所」字樣的帆布報袋，分頭出奔，沿街叫喊，將報紙遞送給讀者手中。

報販子身負重任，將時事新聞及時送給民衆，而辛苦所得却是微乎其微，少拿報紙怕不够賣，賺得更少；多拿了怕賣不掉，退報麻煩，還白費力氣。最可憐的是一些小報販，她們站立街頭叫賣，日曬雨淋，忍飢挨餓，得不到人們憐憫。難怪大音樂家聶耳編成《賣報歌》曲子，成爲多少年來最動聽、最親切的兒童歌曲。

酒不醉人人自醉

我國酒的發明者有的説是夏代的儀逖，有的説是周代的杜康。可能是這兩位酒祖釀酒的原料不同，方法不

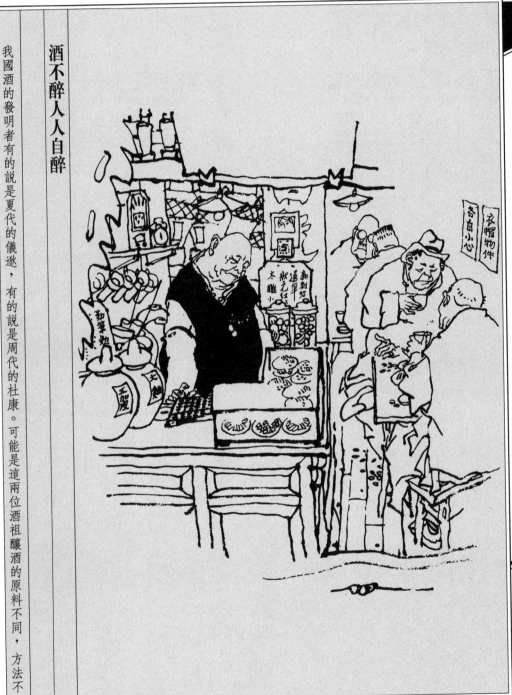

同，造出了同是酒類的不同品種。

酒分黃白兩種，酒的釀造過程複雜而冗長。「酒坊」主從農村高價收買經過挑選的糯米，再請釀酒師傅將糯米放在大缸裏發酵。師傅中最有經驗者被稱爲「酒頭工」，他衹要在封閉的酒缸外傾聽，就能從缸內的發酵聲中知道酒的釀造程度。

大小城鎮，甚至鄉里，都有酒店，每天自有一批批酒客乘興而至，一醉而歸。有的借酒消愁，有的對酒當歌，也有悠閑品嘗，有的酩酊大醉。香醇的美酒使芸芸衆生畢現各自的喜怒哀樂。

過去酒店盛酒的器皿是洋鐵皮製成的「串筒」，像倒寫的「凸」字，無蓋無嘴，可倒不可篩。據説酒家以爲「倒」比「篩」的酒好吃。「酒保」（酒店的「跑堂」）先將「串筒」放在熱水裏「温熱」，然後一手拿一疊酒盅，另一隻手能用手指插在三個「串筒」的環柄裏，同時給幾位客人送酒。後來改用酒壺，也是用同樣方法，兩手能拿四把壺，將杯子套在壺嘴上，走動時互不相碰。也有一手拿壺，一手托着客人愛吃的下酒菜：「發芽豆」、「豆腐干」等，價廉物美味道好，得到酒客稱贊。

我没有喝酒習慣，但也能喝，而且從來没喝醉過，不知道自己有多少酒量。我家對面有一家小酒店（和老戴畫的一樣），我從來不進去。到夜裏燈光黝暗，也没多少酒客。

自從我進電影廠以後，倒有兩次去酒店，不是有名的王寶和，怕遇到影迷招麻煩，而是到三馬路一家客人少、仍用「串筒」的老式小酒店。一次是和電影皇帝金焰和被稱爲「酒仙」的吴永剛導演，他們喝多少也不醉。我聽金焰談抗戰前與一位來自東北的演員，那演員酒後大駡日本，金焰怕被漢奸聽到，揮拳打醒對方，後來誤傳他打愛國志士。吴永剛談他和聶耳一起喝酒，唱《大路》歌，招來巡捕干涉。另一次是和陶金、徐蘇靈、吴永剛一起，他們可稱得上「酒豪」。陶金灌我酒，説如果喝醉送我回家。大家邊喝邊談，「串筒」扔滿一地。最後，吴永剛摇摇擺擺走回家，一面走，一面吐。陶金喝得酩酊大醉，幾乎不省人事。我衹得親自坐車送他回家。徐蘇靈一夜未歸，第二天警察發現他躺在家門前一棵樹脚旁。比起來，我却平安無事，説明我的酒量真的比他們好。

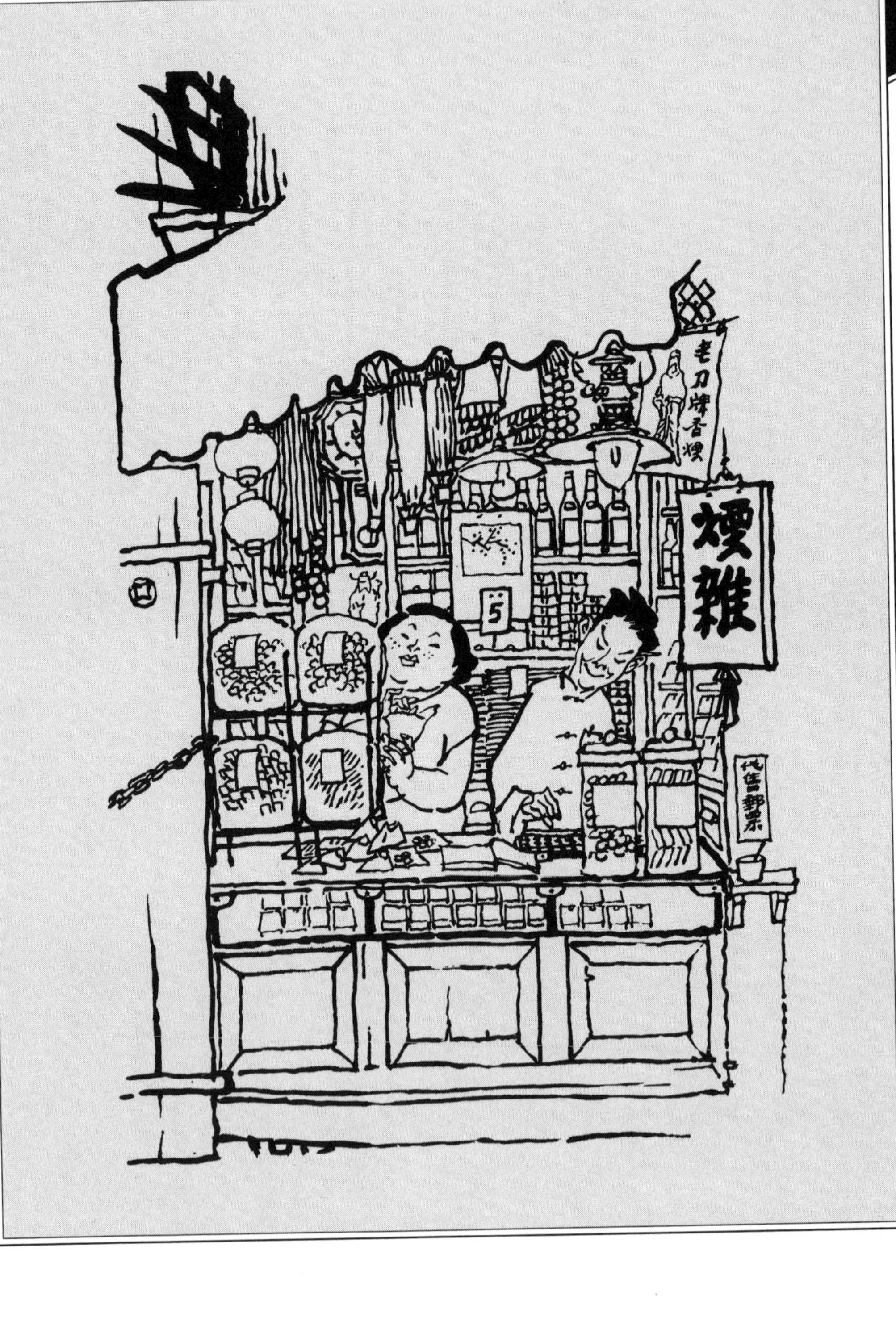
老刀牌香煙
煙雜
代售郵票
5

夫妻老婆烟紙店

從前，上海每條馬路的弄堂口，差不多都有一家烟紙店，這種店專賣各種牌子的香烟。凡是住在弄堂裏或過路熟人，不用開口，老闆和老闆娘就猜到你要啥買啥。「烟紙店」也售賣肥皂、火柴、蚊香、洋蠟燭、草紙、糖果、臭藥水，並代售郵票。有誰身邊缺少零錢，可以向烟紙店兑換，一元錢兑九角八，既能賺錢，又方便顧客。

有一種比「烟紙店」高一等的雜貨店（又稱錦貨店），經售的貨品有套鞋、跑鞋、雨傘、鎖、刀具、面盆等小百貨。門面比「烟紙店」開闊，本錢也大，還僱用店員，老闆管賬，老闆娘站櫃臺，一家人住在店鋪後間，伙計睡地鋪。一早開門，很晚打烊，生意不好時，叫兩個人來吹吹打打。

我家對面馬路就有一家單開間小雜貨店，招牌「史餘昌」。店主爲了省錢，將樓上房間租出。我的表哥和表嫂成親後就住這前樓房間，我表哥在我父親開的花號裏當賬房，每天早上，他到我家來，和我父親一起坐車去花號。我表嫂賢惠温和，我姨母怪她不生育嫌鄙她。我母親却對她很好，她燒了菜，送給我母親吃，我也常常到她家裏去玩。

我五歲時，父親接到一封恐嚇信：要在五天内拿出一筆巨款，否則要將他的小兒子（指我）綁票。父親大驚，爲了保護我必須馬上離開家，到一個可以隱藏又能隨時聯系的地方去躲避，最好的去處就是我表哥屋裏。於是，他們設法將我送到對面史餘昌百貨店樓上，連店老闆也不知道。表哥上午出去上班，祇有表嫂和我在一起，不許我離開房門一步，也不準我從窗裏向外探望，也不准閑人上門，祇有我的姊姊假裝做客，來看望我，偷偷地送來一些衣服食品。早上洗臉，晚上洗脚，一天三餐都由我表嫂服侍。我足足住了一個多月，表嫂待我好，我也和她親近，比自己的姊姊還親。有一天，表嫂發現我脚趾甲太長，就讓我坐在檯子上，她手握剪刀，一面剪，一面稱贊我乖。我偷空望窗外正好看到馬路對面我母親正朝我這邊張望，我高興地叫出來，嚇得表嫂立即拉上窗簾。過不久，我姨媽急忙過來責罵我表嫂泄露秘密。過了兩天，就將我「轉移」到大舅父開的旅館裏去，不料反而被綁票。

六十年後，我表嫂臨死前還提起這件事，説我「乖」。

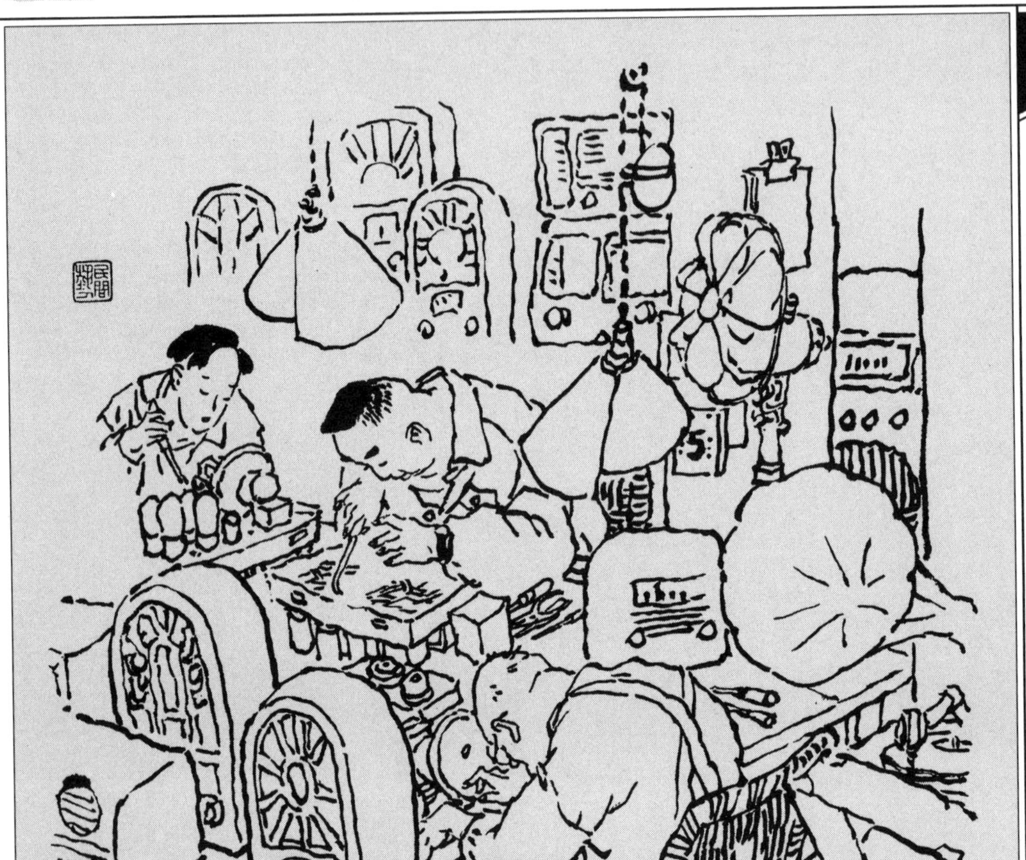
精修
歐美各
收音機

無綫電罷工

二十年代，我家祇有唱機，還有不少唱片。二哥愛聽露蘭春的《閻瑞生托夢》和《罵毛延壽》以及譚鑫培的《空城計》。姊姊喜歡聽王人美、黎莉莉唱的《桃花江》、《特別快車》。媽媽聽不厭《洋人大笑》，還跟着笑。父親聽紹興大班吴昌順的《龍虎門》，我什麼唱片都要聽。

三十年代，流行無綫電。父親買了一架四燈的無綫電，大姊一個人專聽嚴雪亭的《楊乃武》和委婉的祈調。媽媽説評彈嗡鼻頭唱曲聽不懂，却喜歡聽王寶慶的蘇州文書《十嘆空》和「的篤班女旦」施銀花的《方玉娘哭塔》，我最愛聽滑稽江笑笑的《火燒豆腐店》等，後來我愛上京戲，可是嗓子不好，二哥是票友，他教我拉胡琴，我就在無綫電裏聽梅蘭芳、馬連良、言菊朋唱片時跟着拉琴，此外也聽電影歌曲《大路歌》、《春天裏》和《夜半歌聲》等等。

我家都愛聽無綫電節目，各人各愛。於是一天開到晚，幾個月下來總有損壞。常常聽到要緊關頭，忽然無聲。拿到無綫電行去，老師傅一看，説電泡壞了，他們換了一隻，拿回去打開一聽，節目已過，很是懊喪。

有一天是「小年夜」，一家人都圍着聽特別節目，正在興趣上，「啪」的一聲，突然無聲。此時此刻，無綫電行已打烊，無處修理，也配不到燈泡。我的二姊夫，自告奮勇，自己動手，把無綫電拆開來，東看西看，摸東摸西，把裏面的電綫一一拉動。然後重又裝好。一打開，燈泡亮了，可還是不響。二姊罵二姊夫，大家無可奈何，像無聲影片一樣吃一頓小年夜飯。

第二天，敲開無綫電行大門，願出高價修理。師傅把無綫電拆開説喇叭出毛病，要換，可是没有這檔貨，而且機器裏的綫都被攪亂，要好好整理，必須三天，加上新年放假，要等十天以後纔能完成。

二姊夫又被衆人埋怨。他一言不發，突然出走。兩小時不到就回來，手裏捧了一隻新無綫電。桌上一放，電鈕一撥，五隻燈泡大亮，喇叭裏發出趙丹唱的「春天裏」歌聲，這一年除夕，過得皆大歡喜。

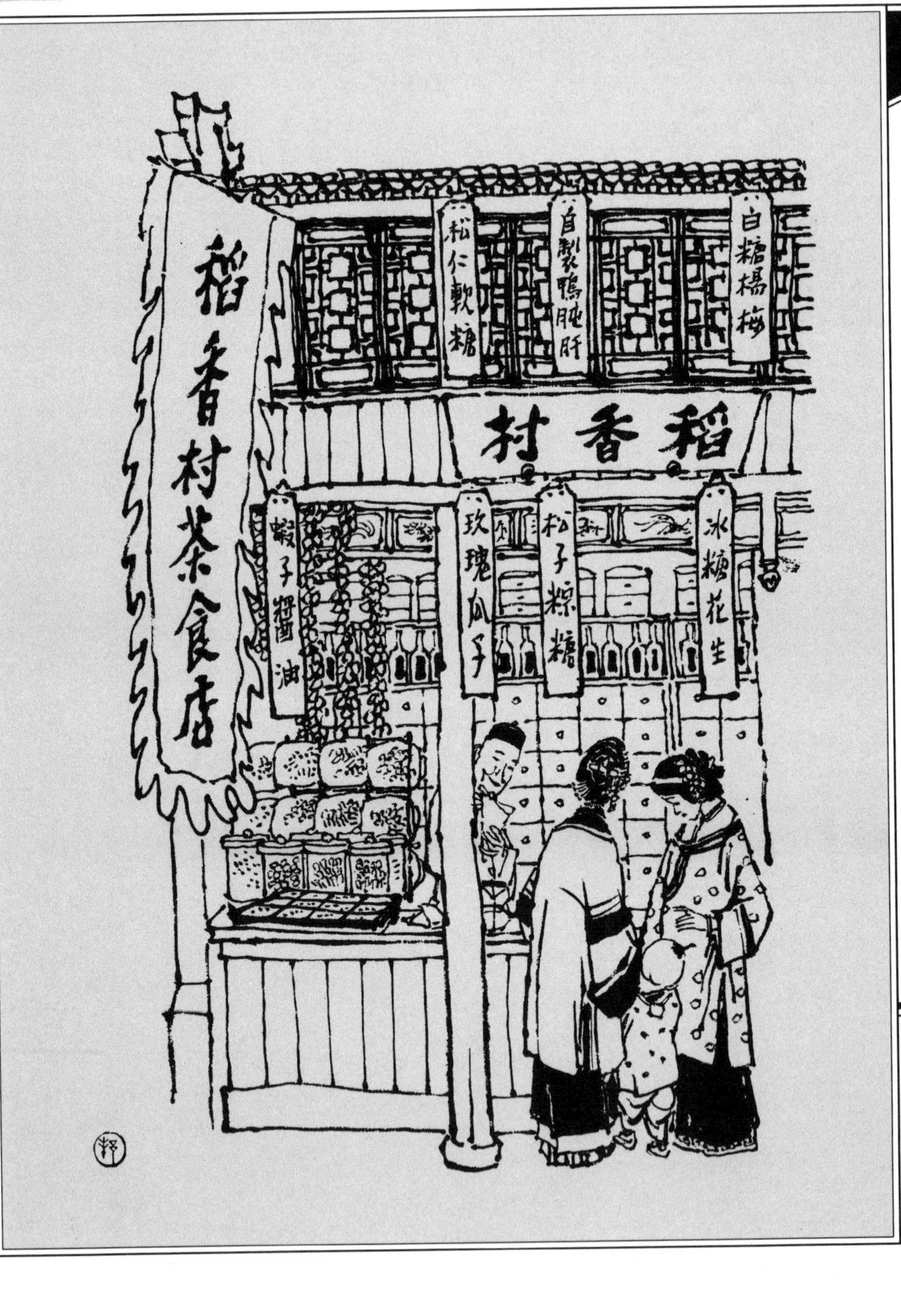
稻香村茶食店
松仁軟糖
自製鴨肫肝
白糖楊梅
稻香村
蝦子醬油
玫瑰瓜子
松子粽糖
冰糖花生

稻香村裏甜食多

蘇州人愛吃甜食，在清朝時，蘇州就開辦了兩家有名的糖食店。一家是「稻香村」，這店名就有農村風味。「稻香村」除了供應豆酥糖、花生糖、薄荷糖、芝麻糖、冬瓜糖外，還特製白糖楊梅、松仁軟糖、冰糖花生、松子粽子糖等，受人歡迎。自從搬到上海後，更配愛吃甜食的南方人口味，營業大振。

另一家糖食店是「采芝齋」，店名很雅，品味也高。店主金杏蓀，原經營蘇州糖果、蜜餞、炒貨等。自設工場，自產自銷。產品保持傳統製作技藝，不溶化，不粘牙。保藏期長。炒貨選料上乘，瓜子、花生、胡桃等色、香、味俱佳。創辦人在端午節見孩童將小粽子串在筷子上，蘸上白糖，邊吃邊玩，就得到啓發，將糖製成粽子形，還加入川貝等藥料。有一年，慈禧太后生病，服藥後口含一顆粽子糖，既甜嘴又止咳，十分高興，竟將「粽子糖」列爲可以進宫的「商品」。蘇州「采芝齋」因此而聞名。金老闆爲了迎合衆人口味和需要，製成能潤肺化痰的「薄荷粽子糖」、富有營養的「松仁粽子糖」、活血補身的「玫瑰粽子糖」。采芝齋的「粽子糖」成了治病代藥品，壓倒城隍廟的「梨膏糖」。一九三八年，抗日戰爭爆發後，采芝齋在「稻香村」之後，在上海大世界對面開設分店，買客多，銷路大，生意比蘇州老店更好，我母親每次帶我去大世界玩，總要先在「采芝齋」買幾包粽子糖，帶回家分給大家吃。

我雖愛吃甜食，却不喜歡粽子糖，尤其是帶有藥味的，又苦又甜，更不愛吃，總覺得粽子糖口味太單。有一次到天蟾舞臺看戲，隔開一條小馬路是「稻香村」分店，燈光輝煌，門口掛着一串鴨肫干。母親喜歡，買了幾串。我發現有金猫公司出品的「胡桃、豆沙冰糖山楂」。外面有玻璃紙包着，每隻鮮紅的山楂夾着一大團甜豆沙和一大塊胡桃肉，外面再有一層糖面，吃在嘴裏又香又甜。原來稻香村搬到上海後，發覺不能保守，以新産品打開銷路，稻香村也由此出名。我總是把豆沙胡桃咬進嘴裏，細細咀嚼，山楂衹咬一口，太酸，就交給母親，母親把山楂吃掉，吃不完，用玻璃紙包着拿回家。

因爲我愛吃鴨肫干和胡桃、豆沙冰糖山楂，所以和慈禧太后相反，更喜歡「稻香村」。

老飯店
本幫百年老店
承辦喜慶宴席時令名菜
小白蹄
肉絲黄豆湯
鯽魚豆腐湯

本地菜館老飯店

上海人愛吃本幫菜，凡是請客、朋友聚會，或辦喜事，都上老正興菜館。上海第一家老正興創辦於清朝同治年間（一八六二年），是由兩名攤販祝正本、蔡仁興合伙，兩人名字中各抽一字拼成「正興」。在二馬路（今九江路）大陸商場的弄堂裏，合擺一個小飯攤。兩人都是寧波人，爲了迎合上海人口味，經營本幫菜：鹹肉豆腐、炒肉百葉、炒魚粉皮等，價廉物美，經濟實惠，顧客大都是四周住户，店家、伙計，連外灘一帶碼頭工人，都來光顧。我父親當碼頭小工時，就在這裏吃過幾頓。生意興隆，老闆發財，在弄堂裏借兩層樓房子，正式開設飯店，稱名「正興館」，後來有人冒名，就改名「同治老正興」。

比老正興稍晚幾年（一八七六年），一位主燒本地飯菜的張師傅，在南市舊校場開辦經營正宗本幫菜的菜館，招牌「榮順館」。單開間，鋪面出售十六鋪飯攤上也能吃到的肉絲黄豆湯、鹹肉豆腐湯和小白蹄。裏面桌子坐不下，門口還有擱板桌，隨到隨吃。樓上有三張八仙桌，招待上等吃客，除老正興幾樣招牌菜外，還特備別具風味的拿手菜：冷盆有鹵水白肚、帶膘白切肉、白鷄，熱菜有紅燒鮰魚、紅燒甩水、八寶鴨、湯卷等。重火候，有味道，原汁原味，油而不膩。另外，還有一個小間，是雅座，專供熟客定座，小賬加倍。一日兩頓，吃客不斷，幾十年下來，老闆也換了幾代，歷史悠久，吃客已不叫它原名，索性稱爲「老飯店」。

我家是浙江寧波人，吃慣浙幫菜。請客上館子祇去甬江狀元樓。吃鹹菜黄魚湯、海瓜子、三鮮、炒蝦仁等。去共舞臺看戲時，到馬路對面大亨張嘯林開的杭州飯莊。我最喜歡吃的是「餛飩鴨」，湯鮮，鴨肉肥。不知道是因口味不同還是生活習慣，幾乎不上本地菜館。

一九五六年，我在上影廠導演室工作，和石揮、徐昌霖、謝晋等常一起小聚，一次徐昌霖因石揮喜歡吃肉，提出去我聞名已久的「老飯店」嘗嘗本幫菜味道。我們踏着吱格吱格響的樓梯進入祇有一張白胚桌子的雅室。徐昌霖點了幾隻都是肉的菜餚，特別關照白切肉要加厚膘。長年在保定館吃大鹵面的石揮，吃得津津有味，稱贊南方人懂得吃，會吃，也吃得好。

本幫
老記
菜單
花雕

堂倌的絶技

舊時飯店，跨進門檻，就有「堂倌」到門口迎接。他一臉笑容，滿腔熱情，親切招呼：引客入座，遞上一人一條火熱毛巾，一人一杯滚燙熱茶，並報出一連串本店名菜。等客人點頭，就朗聲向厨房唤叫：「青魚甩水、炒鱔魚、八寶醬鴨……」還依吃客口味，特地關照：「重油，免辣，白切肉帶膘！」厨師在厨房用勺敲鍋，連聲答應，一呼一應，滿堂熱鬧。

不消多時，堂倌上菜。他左手托盤，盤裏擺滿湯菜。右手從手心到過肩近耳擺着一長叠（至少六碗）盛有白飯的碗盞。他脚步輕快穩重，不但要過厨房走道，還要上樓。一路上祇聽得飯碗相碰叮當，却不翻落。盤中菜湯晃蕩，點滴不漏。

客人在吃食之際，堂倌還不斷前來招呼，問菜餚鹹淡如何，要否添加酒菜，還自動熱菜加湯。殷勤熱情，仿佛熱情主婦殷勤待客。

客人餐畢，堂倌一一遞上火燙毛巾，在客人揩面時，他眼掃桌面，一邊收拾盆碟碗盞（他們行話爲「馱叠」），一面在按照菜價，在肚子裏計算錢的總數，一分不差。

客人起身，他將桌面上所有盆碗「一掃頭」收拾光。將菜盆湯碗放在一個木盤裏，用左手擋牢。筷子插進大口袋，右手靠臂托着足有十只以上的飯碗、酒杯，手指還勾一兩隻酒瓶或酒壺，一面向樓下賬房喊着客人所吃的菜飯價鈿，一面走在後面送客下樓，等客人付清錢，他還在門口笑着賠禮：「招待不周，下次請早！」

這些高聲招呼、報菜、算賬的堂倌，稱爲「響堂」。

如今飯店改爲高級餐廳，熱情好客的堂倌换了高貴冷淡臉帶假笑的「小姐」。至於堪稱一絶的「響堂」，竟成「絶響」。祇有幾位滑稽演員學着叫唤幾聲，可也不能與他們的前輩相比。

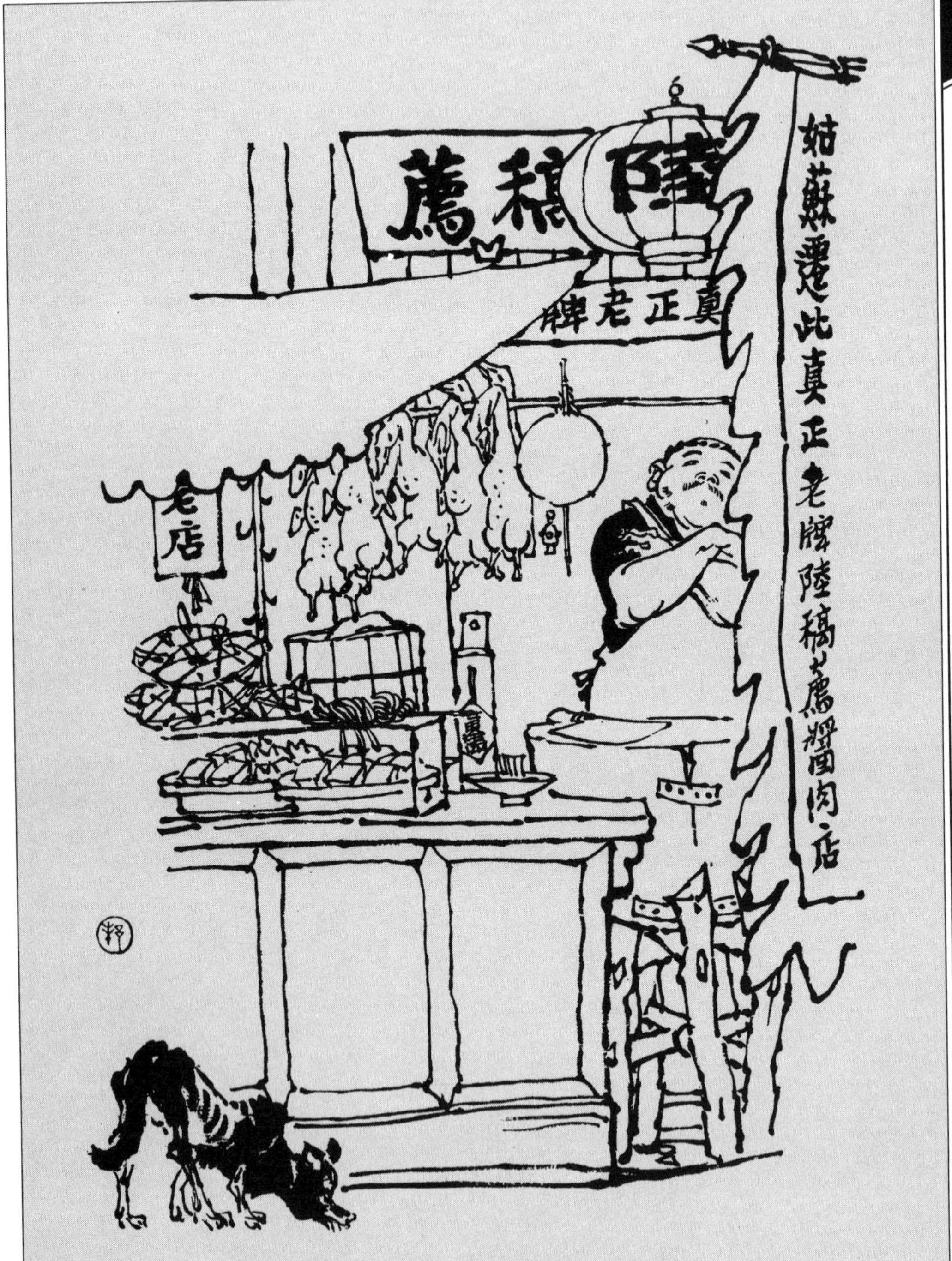
陸稿薦
真正老牌
老店
姑蘇遷此真正老牌陸稿薦醬肉店

陸稿薦的傳說

我出身於富裕的商人之家，自小衣食不虧，每頓有魚有肉。初時有廚師燒菜，我不懂味道好壞。後來由阿堂娘姨主廚，燒的菜不是淡而無味，便是鹹得要命。阿堂說：「我吃素，沒上過味道。」不能怪她。

上海人想吃肉，不能天天上飯館。自己動手，非常麻煩，也不是每個人都燒得美味可口，有人就開起熟食舖，專賣鹵貨燒臘的鮮美熟肉。令人詫異的是：衆多熟食店都掛着一塊同名招牌「陸稿薦」。

爲何都名「陸稿薦」？有一個世代相傳的民間故事。

相傳從前有一個姓陸的老闆，開了一爿熟食店，因無特色，生意平平，難得有食客上門。即使有人買回去，過後也要來責問幾句：「肉不好吃，開啥熟食店！」陸老闆十分沮喪，準備關店，可是他生性善良，多做好事，把賣不掉的熟食送給買不起肉的苦人，分文不取，平時還周濟窮人、樂善好施。

某日，來了個衣衫襤褸、渾身生瘡的乞丐到店門前乞討，店員怕影響營業，要將他驅逐，他死賴着不肯離去，陸老闆出來，問明情由，原來那乞丐已有三天沒有吃飯，餓得快要倒斃。陸老闆看他實在可憐，動了惻隱之心，就施捨他三碗白飯，還給三塊賣不出去的醬肉。乞丐吃飽了，仍不離開，還說外面天寒地凍，要在店内借宿，店員不願與生瘡毒的乞丐同屋睡覺。陸老闆却答應他睡在鍋竈邊，躺在稿薦（稻麥秆編成的墊子）上過夜。第二天，那乞丐不辭而別，留下膿血斑斑的稿薦，老闆拿來塞進竈洞生火燒肉。不料燒出來的肉異香撲鼻，特別鮮美，從此生意興隆，老闆就把稿薦當作發財的寶貝，店名就叫「陸稿薦」。

這傳說聽來有些荒唐，而且你可能已經聽過很多遍，我祇加一句：「善有善報，惡有惡報。」

上海的「陸稿薦」開在浙江路，離我家遠，購買不便，就到附近的「杜五房」去，還可以電話購貨。「陸稿薦」的生意就大不如前了。

我吃過包飯作的飯菜

父親的棉花號在北京路餘慶里，有兩位賬房和四名「學生」，再加上一名學徒，連他自己一共八人。每天早、午、晚三頓要整整一桌，不可能雇厨師，就將伙食包給附近的「包飯作」。

包飯作是大衆化的厨房業，它没有門市，衹在僻静角落或弄中設立據點。我家後門鴻福里就有一家包飯作，專門承包鬧市中的商店、公司字號的職員每日的家常飯菜，論桌論人都有。一日三餐，視定價多少而配膳。早餐供應粥、饅頭、餅，午晚餐餚配有幾葷幾素和湯菜。冷天也有暖鍋。米飯根據進餐人數供應，因不耽誤工作時間和及時墊飽肚子，深受没有食堂的店家職員歡迎。這也是老上海厨房業中的特種服務。我爲了躲避「綁票」，和姨媽一起在棉花號里，也吃包飯，姨媽怕人多菜少，總要加菜，請大家一起吃。

一個「包飯作」要包幾家甚至十幾家客户的飯菜，一日三餐，真是忙碌非凡。「包飯作」要雇用幾個厨師還有不少「下手」，到菜場採購葷素生菜。學徒一早起身生爐子，厨師燒菜，還有「下手」管理碗盞。生意忙的時候，屋裏不够使用，就發展到屋外。每天清早，我没起身，就能從弄堂裏傳來「包飯作」裏發出的拉風箱、刀斬肉漿和下鍋油炸的聲響。空氣裏也散佈着香味，令人口饞。

包飯作師傅把燒好的飯菜裝在兩層竹籃裏，上面再有一隻飯桶，前後挑擔到各店家，一小時後，店員用膳完畢。他們將吃剩的飯菜（有時是空碗）再挑回來。那時就有一些流浪的乞丐和「小癟三」等在固定的地段，見到後上前來將剩飯菜倒取一空，名爲「倒冷飯」。送飯的不去阻攔，否則，「小癟三」要搗蛋，這也是老上海特有的社會現象。

滬人稱緔鞋匠爲皮匠。我與對窗老皮匠咫尺相望，對他頗有起敬之感！是否因有三分諸葛先生法道，還是家父也曾操過此業之緣故。

戊辰秋日敦邦并記

老鞋匠做萬人鞋

上海馬路街面房子都是店鋪，店鋪後總是一條弄堂。弄堂口很多擺點心攤，賣大餅油條或面食。而小弄堂因爲狹窄，吃食攤擺不下，就有皮鞋匠在弄口擺鞋匠攤。

上海人稱緔鞋匠爲皮匠。他們不是做皮鞋，而是在布鞋底部配上一塊皮底，所以也叫做「皮鞋匠」。

皮鞋匠大都已經年老，頭發有些禿，背也有些駝。戴一副老花鏡，一天到晚，弓背低頭，默默地勞作。有的年歲並不大，可是長年弓背，也就變成駝背，長年用目細看，眼睛就發花，不老也變老，人家都叫他們老鞋匠。

皮鞋攤設備很簡單，一隻木製的有隔板和抽屜的櫃子，抽屜裏放着長短不同的釘子，櫃格上放着還未做成的半成品鞋子和大小不一的皮革。墻上掛着等顧客來取的鞋子，等於廣告。皮匠坐在小木凳上，根據顧客送來大小不同的鞋面，他拿出軟硬和顏色不一的皮革，得到同意後，然後把夾在耳朵上的一支短鉛筆，按照尺寸不同的脚樣，在皮革上劃出一個鞋底樣，再用刀按畫樣切割成一塊鞋底，然後放在一架特製的下可兩脚踏牢、上有底板的鐵架上，用幾十枚小釘將鞋面和皮底叮叮咚咚敲釘在一起，再將木楦頭塞進鞋內，噴幾口水，掛在墻上。他們記得哪雙鞋主顧是誰？一點不會弄錯。

母親和姨媽是放大脚，買不到尺寸相符的小脚鞋，都是姨媽自己做，我穿的童鞋也由大姊綉成老虎頭，姨媽拿去給皮鞋匠緔上「皮底」。我跟了去總要看老鞋匠怎麽畫樣，怎樣釘鞋。

老皮匠從年輕做到老，足足幾十年，做出成千上萬雙鞋子，穿在成千上萬人的脚上，走千萬里路。

老戴此畫特别生動，他告訴我：「家父也曾是皮鞋匠。」

畫家的父親是皮匠，老皮匠的兒子是名畫家，畫家畫皮匠，就是畫自己的父親。畫出真實生活，也畫出深厚感情。

大殺活蛇

一九五九年，反右運動後，我下放農村勞動，思想改造。後來從農村轉到電影局在寶山設立的農場。由副局長帶領，共有四十多人，分成幾組，我屬於大田組，負責種田。組長是上影樂隊小提琴手老施。他精明能干、機智聰明，說話快，像小提琴奏快板。他無錯無過，祇是被派來監視我們，可是他以身作則，對我們一視同仁，我們對他又尊重又親切，「老施，老施」叫不絕口。

某日下午，勞動後休息，路過稻田時，發現一條二尺多長的青蛇，我嚇得急叫，老施趕來舉起鋤頭，一連三下，將蛇打死，倒提着到厨房，用剪刀把蛇肚劃開，要來一碗白酒，從蛇肚裏挖出碧青的蛇膽，泡在酒裏，然後向農民借來一隻破砂鍋，燒蛇吃，蛇肉切成小段，大家分享，又嫩又香。他又把酒遞給我，說：「你每天晚上寫檢查，燈光不好，眼睛要壞，把蛇膽吞下去，包你眼目清亮。」我有些怕，在老施鼓勵下，連酒帶蛇膽，一吞而盡。我如今年過八十，看書報不戴眼鏡，真要感謝老施當年對我的恩施。

老施又告訴我：這一次開肚取膽的是死蛇，如果是活蛇，不容易殺，開肚後的血和膽一定更好。他没看到過活殺蛇，一定要膽大手快。言談中對活殺蛇者很是敬仰。

後來，我到菜場去，總想看到殺活蛇的場面，可惜總没有看到。

今天看到了，就是老戴這幅畫。你看，這殺蛇的漢子，左手高提着還在抖動的蛇尾，右脚踏着蛇頭，他雙手張開，緊握着幾尺長的蛇身，他的身段架式真像一張緊綳的弓；右手的剪刀已經從上到下劃開蛇身，好一副膽魄過人的英雄氣概。身後的簏籮，證明藏的都是活蛇，地上有死蛇、蛇皮和水碗，水碗裏却没蛇膽——被我吞了。

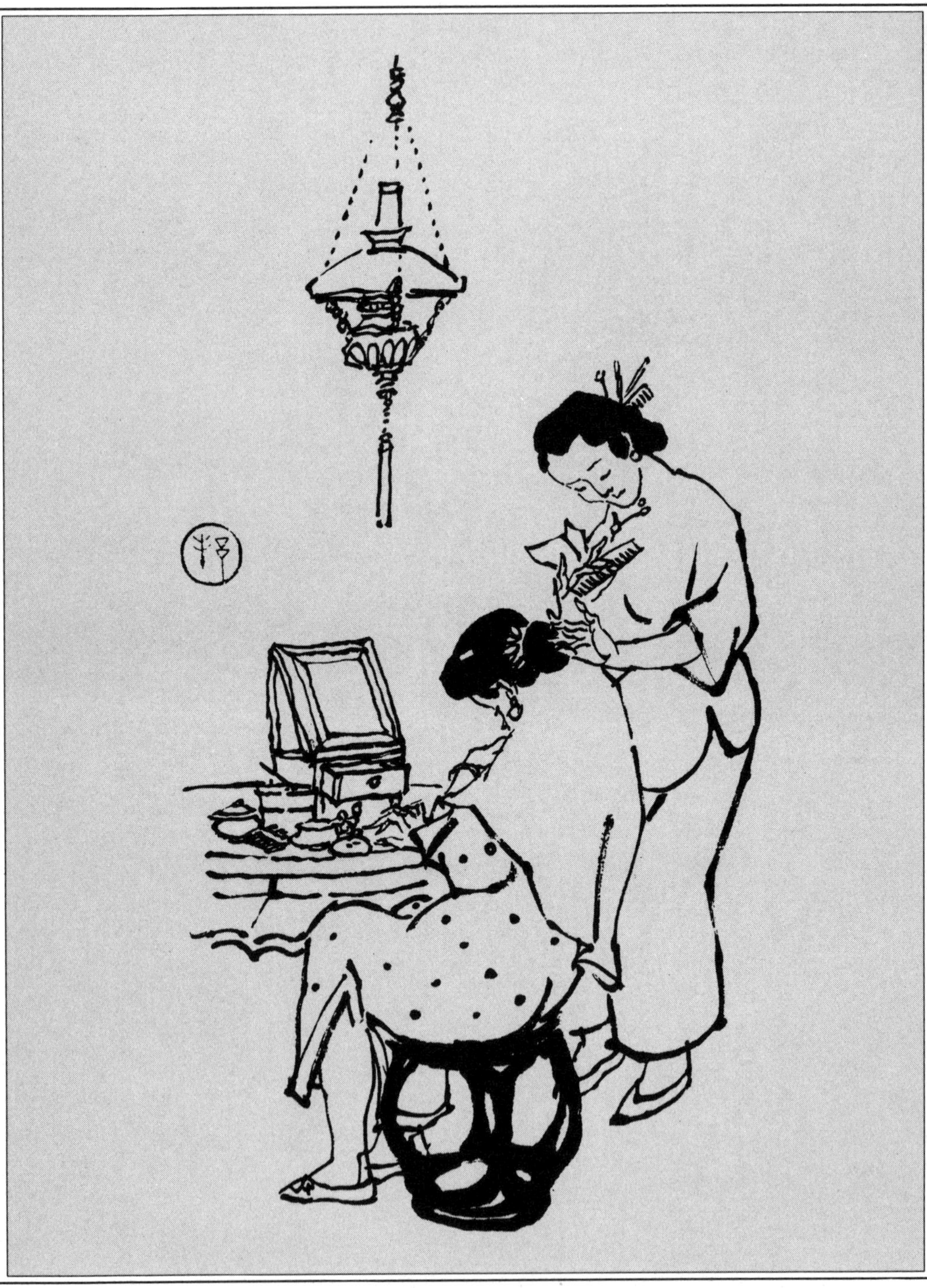

梳頭娘姨到我家

我父親和母親成親後，我父親由碼頭小工經過個人奮鬥成爲棉花商人。他在北京路慶餘里辦餘豐棉花號，又在新聞路開一家花袋店。父親經營花號，母親主管店務，雇工都稱她老闆娘，她整天坐在客堂裏，手裏握着噴銀的水烟壺，後來改吸金鼠牌香烟，從客堂玻璃窗望到外面，店堂裏幾個女工縫製麻布花袋和零賣碎布。除了管店，她還是家庭主婦，一日三餐，有飯師傅，兒女衣衫和日常用品，有我姨媽張羅。她主要是坐車外出，到南京路各大公司去買衣料、首飾和高檔用品。順便從三陽、天福南貨店買回來糕團、水果、鹹貨和送人的禮品。每逢禮拜天，總有親戚上門，吃飯看戲，熱鬧一整天。

她不喜歡傭人叫她「老闆娘」，太俗氣，就改口稱「太太」。太太就要有太太的氣派，她已四十開外，當年，像她那樣的年紀都梳髮髻，大方、端莊，也很美觀，如果出門作客，插上首飾，更顯華貴。然也有缺點：夜裏睡覺，没法保護，難免蓬松，甚至滑落，次晨必須重新梳理。梳理時先用梳篦理順頭髮，一手「把根」，一手將長髮盤出各種花式的髮髻：鮑魚式、横愛司式、盤龍式等等。然後塗上用木刨花浸滲的「黏頭水」，罩上綫網，再插入髮釵，纔算完成。前後要費去半個小時。先是我姨媽爲母親梳頭，太吃力了，就請來一個「梳頭娘姨」，隔天來一次。

「梳頭娘姨」是一種特殊行業，她們没有固定地點，不能等客上門，而是拎着「梳頭箱」走家串户，到「包月」的主顧家去梳頭。一個上午往往要依次走七八家。她們憑一雙靈巧的手，又快又好，和一張能説會道的嘴、一雙察言觀色的眼睛，爲太太們梳出稱心如意的髮髻。逢年過節還能得到幾個賞錢。

滑稽名家王汝剛告訴我：他母親生前曾是梳頭娘姨。他至今還保存着他母親的梳頭箱，作爲紀念。

現代孫二娘

我看到老戴這幅畫，感到非常驚奇，我從來没有見過女人舉刀斬肉。你看那女人倒竪眉、緊抿嘴，一副狠勁的神態。她右臂高高舉起，手握斧頭，正朝着砧板上的肉塊猛斬下來。這姿態，這動作，這表情令人震動心跳，與殺蛇人那幅畫同工異曲，不同凡響。

生活裏有没有女人斬肉？可是我在老戴爲電視連續劇《水滸傳》人物造型畫中看到過孫二娘的綉像，就是這個孫二娘，和她的丈夫孫新在十字坡開一爿黑店，見來往途中有官府解差、充軍罪犯和不肖之徒借宿她客店的，便在酒中放進蒙汗藥，對方昏倒後用刀斬殺，做成人肉饅頭，供客人充饑。正巧武松在人肉饅頭裏吃出「指甲」，心中生疑，假裝酒醉，在孫二娘對他下手時予以反擊。孫新認出武松，孫二娘悔疚請罪，她的性格在水滸女性中我最喜歡和欽佩。一齣京劇《武松打店》更是拍案叫絶。

我們能想像，嫉惡如仇的孫二娘在斬殺惡霸劣紳時，也一定心狠手辣，毫不留情，莫非老戴此畫的靈感來自《水滸》裏的孫二娘？

祖傳

上海灘名醫多

上海開埠後，西醫西藥輸入租界，還辦了不少醫院、藥房。可是普通百姓還是相信中醫。中醫也分內科、婦科、傷科、喉科、兒科和外科。各科都有名醫，而且是世代相傳。有的還有祖傳秘方，更有江湖郎中的內科，聲稱「草藥一味，氣死名醫」。病家還是相信名醫。

名醫出名，不但有妙手回春的醫道，更有濟世救命的醫德。如張聾聾的診所開在長沙路，也就是他自己的寓所。每天清早就有人前去掛號，門診費不貴。雖然病人按前來後到排隊，他看到重病者，可以優先。凡是貧困的，他在藥方上做個記號，到藥店去免費取藥。有錢人請他出診，費用很高。民國以後，他外出還坐轎子，要病家付轎夫賞錢，一錢不少。

我小時候常常扁桃腺發炎，還生過一次「白喉」，俗稱「爛喉痧」。由母親陪我到南市城隍廟附近去看喉科專家朱子雲，他臉白額高，目不斜視，不問病情，就將銅製的壓舌板插進我嘴裏，再拿尖嘴的噴射器朝我喉嚨噴綠色粉末，害我連連噁心，聽他慢條斯理地唱看「方子」，我却不斷吐口水，祇想逃走。雖然過一兩天藥到病除，可我一聽到朱子雲名字，嚇得我喉嚨痛死，也不敢去看他。

我還記得：抗戰勝利後，有一家報館，請我當特約記者，因我寫過不少下層社會生活的作品，主編出題要我去採訪乞丐幫。我請「幫會」裏的人介紹，到虹口三角地小菜場屋頂的「叫化窩」去，見到「丐頭」，是個氣糾壯實又陰陽怪氣的中年漢子。他既客氣又不着邊際地回答我的提問，臨走又客氣地拍拍我的背心表示親熱。我一無所獲，回到家裏，忽然感到全身疼痛，倒在床上，就此僵卧不起，連喝水也不能下嚥。母親焦急，二哥去請傷科名醫石筱山。他問明病情，用雙手在我腰部重重推了兩下，我痛得一聲極叫，隨即感到全身酥軟，過了片刻，就能下床活動。

石氏醫道，代代相傳。妙手回春，拍案叫絕。

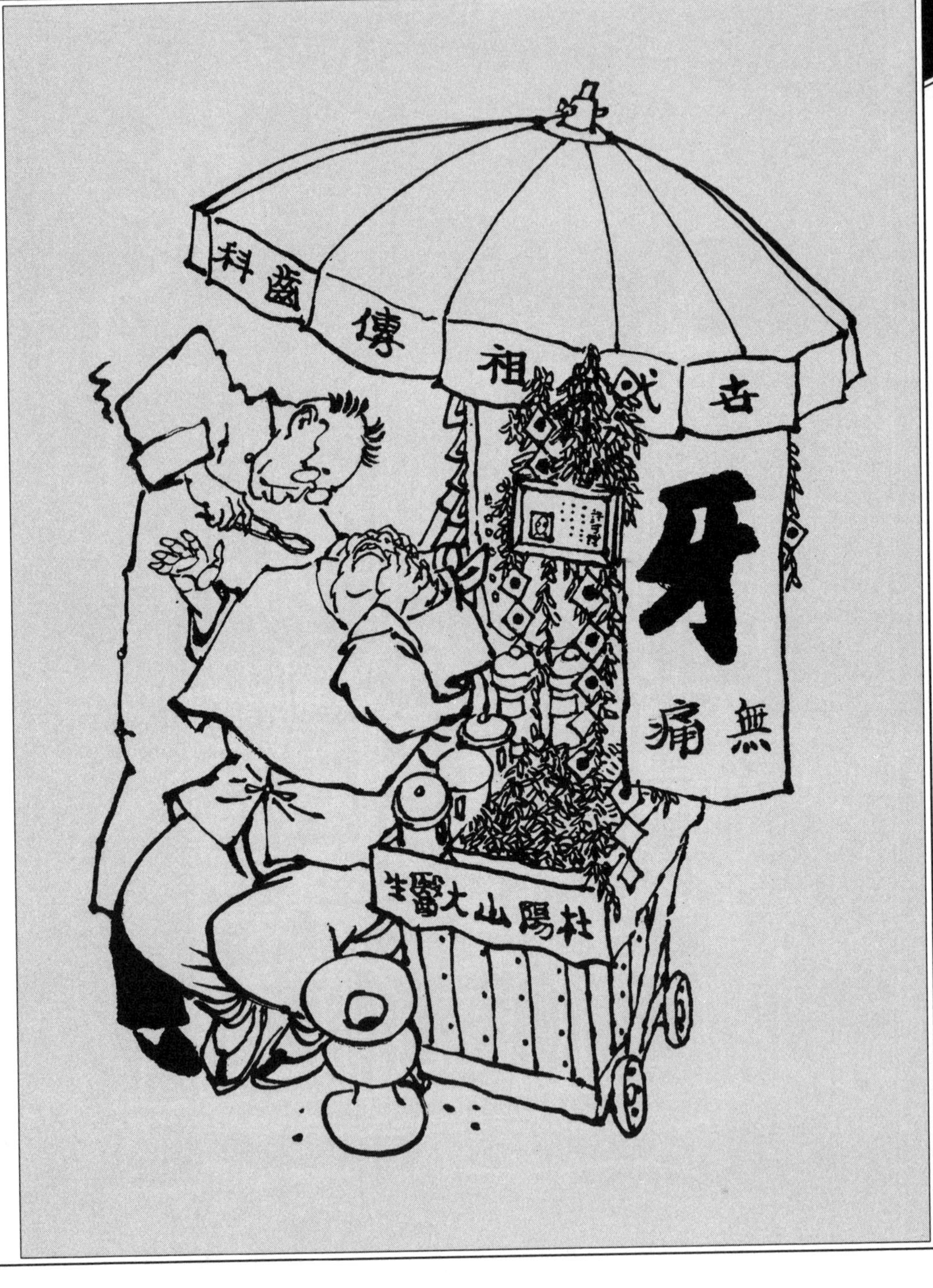
古代祖傳齒科
牙
無痛
杜陽山大醫生

話劇皇帝學牙醫

「牙痛不是病，痛死無人問。」人人都有牙，牙齒都要蛀。可是不到牙齒發炎劇痛時，不會去找醫生，老上海没有牙科醫院，祇有私人開設的鑲牙店，代客拔牙、裝牙，價鈿大，平民百姓看不起，祇有到城隍廟九曲橋旁去找「大陽傘」。一頂寫着世代祖傳齒科的特別大的布傘下，掛着「無痛拔牙」廣告，輪車上又擺滿膏藥、藥瓶和真真假假可怕的牙齒，一位無名的牙醫狠巴巴捏着一把没消毒過的箝子，伸進病人嘴裏拔牙，拔得人哇哇直叫。

我母親牙不好，當然不會去找大陽傘，而是找鄰近的牙齒店陸慶記。裝了幾顆假牙，不舒服，一直到死。

四十年代上海淪陷後，「話劇皇帝」石揮，因家裏窮，曾在火車上當車童，差一點被强盜害命。「九一八」事變，他要到東三省去打日本，投錯了軍隊，逃回北京，有人介紹他到牙醫那裏去當助手。他一心要當牙醫，可是一年下來，祇給醫生打掃診所，掃抹滴滿鮮血的地板，還要爲老闆娘管孩子、倒尿桶。那牙醫從來不教他怎麽治牙，有病人上門，醫生就差遣他出門。他心裏有數，分明是醫生把他當學徒，不教他本領。有一次，他故意躲開，在門縫裏偷看，祇見醫生爲一個病人拔牙，收的費用比天橋大陽傘貴，可是拔牙的本領却比「大陽傘」差。祇聽得病人痛得哇哇叫，最後還把牙拔錯。把病人氣得捧着臉，滿口鮮血，話也説不出來。石揮看見了，從此離開，不再當牙醫。

賣唱少女的悲劇

六十年前的老上海，每晚華燈初上，酒樓飯館，賓客滿座。就有一個老翁，手拿胡琴，身後跟隨妙齡少女，佇立在大廳一角，或被允許進入雅室，琴聲起，啓口唱。不管人們是否聆聽。笑聲猜拳聲也把唱聲淹没。一歌唱罷，少女上前乞討，有的捨施，有的不理，跑堂過來趕跑，他們衹得再走一家去賣唱。

不僅是晚上，在白天，我們也會看到這些賣唱者，邊走邊唱，或在弄堂口停立，以唱聲換取當日的温飽。

我看得多，不以爲奇，可是在我進入電影廠，聆聽二十年代被稱爲「四大金剛」之一的女明星宣景琳叙述她的身世後，我的心幾乎被哀憂的感情壓倒。

宣景琳的父親是報販，不幸早死，留下三女兩男。宣景琳最小，姊姊去做童工，哥哥當學徒，衹能顧自己。宣景琳和母親相依爲命，在笑舞臺做事的舅舅，常帶她到戲館去看戲。她聰明，聽了就會，還能學唱。她多麽希望自己也能上臺唱戲，可是不容易。舅舅就帶她去見一個老琴師學戲。老琴師已經落魄，衹會拉琴。於是教宣景琳唱戲，教會幾齣後，帶着她上街賣唱，也到茶樓飯館。後來竟進入妓院，妓院老鴇見宣景琳美貌聰明，逼良爲娼，從此掀開宣景琳人生悲劇的序幕。

我没想到：後來成爲中國電影的著名女明星，竟有如此坎坷不幸的命運。而她還是幸運的，有多多少少像她那樣賣唱的少女，被欺壓，受蹂躪，過着悲慘的日子，直到人生結束。

電影皇帝和送面孩童

「文革」開始，電影藝術家都變成「牛鬼蛇神」，强迫勞動。三十年代被千萬影迷公選爲「電影皇帝」的

金焰，因胃部開刀，體力衰弱，「造反派」命他去干輕勞動。皇帝除了演戲外，還有一手好工藝：修理車輪。他每天自帶軍用水壺和切片面包，還自備工具，裝在一隻舊背包裏，到廠做小工。

我每天和廠長、導演等打掃厠所外，中午十一點鐘就到厨房去，裝了一黃魚車發燙的煤渣，推到後面空場，在金焰修車旁邊的煤堆上倒掉。那時，金焰已經一口水一口面包吃好午飯，平躺在一條長板凳上休息。讓吃下去的面包慢慢消化，可免除胃痛。

我和他開玩笑：「電影皇帝落難了，喝冷水，啃面包。」

皇帝連連擺手，輕輕摇頭，淡淡一笑：「這不算苦。我過去苦得多。」他嘆息一聲，慢聲慢氣地談他的一段往事：

金焰是韓國人，父親是抗日的革命黨，被日軍追捕，全家逃到中國。金焰在天津南開中學讀書。父親被日本醫生毒死，他不能在天津立足，就到上海，有人介紹他到明星和天一電影公司打雜。業餘時間他參加田漢主持的「南國社」，演出《卡門》和《莎樂美》，他住弄堂石庫門的亭子間，每月十元錢房錢。一天三頓在弄堂口面攤上吃碗陽春面，有時加一塊豆腐干，難得吃一塊肉。可是電影公司當雜差，不是天天有工作，每做一天，祇給一塊錢。「南國社」有演出，田漢不忘給他酬金，也祇有四五元。常常入不敷出，窮困度日。

有一年冬天，天寒地凍，電影公司停工，「南國社」停演，他祇得把唯一的棉衣押進典當，付房錢後分文全無。外面天冷，不能出外，祇有躲在被窩裏挨餓。過了中午，面攤的學徒送來一碗湯面，説不用付錢，可以欠賬。晚上又送來一碗。第二天中午、晚上，又各送一碗，皇帝感激不已。第三天上午，「南國社」朋友替他贖回棉衣還借給他幾塊錢。金焰興高采烈，穿上棉衣，出門到面攤，想找那孩童，還清欠賬。孩童不見了，老闆怒駡：「小赤佬勿老實，揩油吃客面錢，我停他生意，滚蛋！」金焰内心愧疚，悔恨不已。多少年來這個送面給他充饑的好心孩童的面龐，始終在他腦海中浮現。幾十年後還記在心裏，告訴我聽。

我没有見到過那個好心的孩童。今天見到了，就是老戴畫的那個送菜的孩童，如果電影皇帝金焰看到，他一定會泪如雨下，濕透畫面。

棺材和骨灰盒

我青少年時代住在新聞路。馬路對面有一家棺材店。我平時路過時，從不敢看一眼。那年我大哥病重，和二哥一起進去過，虧得大哥病愈，不再光顧。解放後，我三姊突然病故，我正在農村勞動改造，特地請假趕到上海吊喪。她屍體放進棺材，我領着六個年幼的外甥，對着三姊遺容看最後一面，真是泪水滿面。我恨棺材使親人永遠隔離。後來，提倡火葬。將人火化，放進骨灰匣裏，就再也見不到棺材。

可是誰也不會想到，在十多年前竟發生一件意外的事。那一年，江西兒童出版社邀請我們去廬山旅游，參加者來自各地，都是兒童文學家，和我最熟悉的是任溶溶。我與他不但一見如故，而且成爲知己和知音，一見面有説不盡的話，談不完的事。我一上廬山，就患廬山腹瀉症。不吃不喝，但盡力和大家一起玩耍。第三天要去五老峯，我實在爬不動，任溶溶也推説「五老峯」曾經去過，留下來伴我。他又建議到一個地方去喝茶。這地方不是人多煩雜的茶樓，而是要走五六里路，爬一些山坡，有個四周竹林、僻静閑散的亭子。茶客少、茶水好。我們邊喝邊談。不久，烏雲密集、傾盆大雨。而且久雨不停，怕時間太晚，衹得冒雨回去，一路上躲躲閃閃，任溶溶怕我體弱，竭力保護我，我們渾身透濕，將到旅舍時，面前一條小浜，水已溢過橋面，不能過去。他見附近一間小屋，拖我進去避雨。我抬頭一看，一個寒噤，原來小屋裏有一個老木匠正在做棺材。我忙着絞乾衣衫，倒出皮鞋裏的雨水。任溶溶却像孩子似的興趣勃勃地和老木匠攀談，問長問短。做棺材的木匠應該叫「壽木師傅」，他叙説棺材的製作程序：由六尺長四塊長方形板、兩塊二尺的方板，拼製成長方形，頭部較高，尾部較低的框架，中空可容遺體，難就難在這些木板要用木榫拼合，不用鐵釘。最後，師傅嘆口氣：如今死人都用骨灰盒，不要棺材，我也没用了。言下之意，十分感慨。

門外雨未停，然天色已晚，我們衹得和這位壽木師傅告别。匆匆回到旅舍，一路上任溶溶妙人妙語。他見到醫生護士，就説我們將來都要死在他們手裏，又説棺材，比骨灰盒寬敞，像他體胖的人有活動餘地。我却想到人死後燒成灰，不如在變灰以前，多做些事，留在世上。於是我不斷地寫，和任溶溶一起，一直寫到今天。

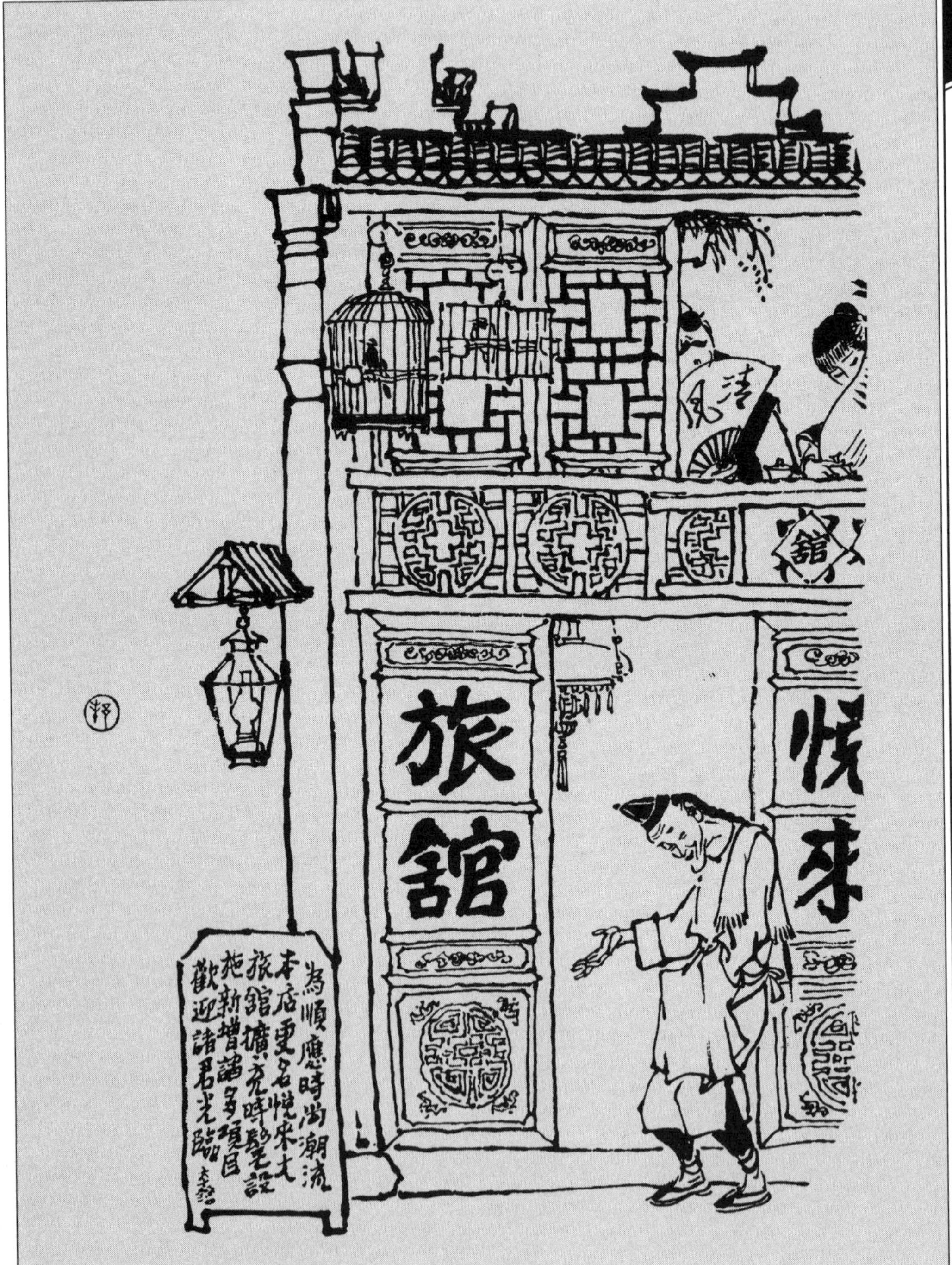
清風
館
旅館
悦來
為順應時尚潮流
本店更名悦來大
旅館擴充時髦設
施新增諸多項目
歡迎諸君光臨

大畫家住小客棧

早時交通大道上有客店，城鎮裏也有客棧，專供過往客人和去趕考的書生以及行人住宿，而客商居多，所以也稱「招商客棧」。祇是設備簡陋，有的還要自管鋪蓋。以後商業發達，商人有錢，要求居所安適舒服。上海開埠後，洋人領先在租界開辦禮查旅館、一品香旅館。專供西洋旅客住宿。氣派豪華，爲城市增加光彩。城鎮客店爲了順應時尚，也改客棧爲旅館，如大中華、東方、南京等等，不下十數家，都備有客房，設施時新，招待周到，並招來藝妓，陪酒作樂。

江湖上對商業有「五花八門」之稱，客店是「車、船、店、脚、牙」五花之一。店主和執事人都富有閱歷，上通下達，能對付三教九流各色人物，但必須依靠地方勢力，纔能立足。其中良莠不齊，有的與惡勢力勾結，或本人就是黑道人物，讓顧客受騙上當，絕大多數從業者遭受上層人物的歧視和壓制，又被地痞惡霸欺凌和擾犯，不得不四面討好，和氣生財。他們自己受委屈，便對旅客出氣，不許欠賬，否則扣下行李，一脚踢出門外。

我國國畫大師徐悲鴻，於一九一五年自故鄉宜興來上海謀生，住某小客棧。兩天後，他帶了一封同鄉前輩的介紹信和畫稿到寶山路商務印書館找《小說月報》主編，主編不予採用，而他所住旅館，因他欠了三天房租，便將他行李扣押，驅趕出店。這位默默無聞、舉目無親、投靠無路的青年畫家悲憤至極，痛心絕望地到外灘投江自盡，多虧商務印書館發行所服務員黄警頑發覺，趕至外灘攔阻，並幫助他擺脱困境，又推薦他去哈同花園當畫師，成爲徐悲鴻繪畫生涯的起點。如果他當時無人相救，旅館老板豈不斷送大畫家的光輝人生。

我知道的馬車夫

據説馬車也是從外國傳來的。上海第一個自備這種馬車的是杭州人程定夷，後來官場也用這種馬車，由雙馬拖拉。這種馬車有敞篷的，也有轎車廂，走在馬路上，非常神氣。

最早坐馬車的是猶太富商哈同和他的中國妻子羅迦陵。馬車夫名叫梅郎，原來拉黄包車，路熟，深得主人歡喜。哈同任法租界公董局董事，法國領事爲了要與公共租界爭奪地盤，請哈同設法。梅郎駕着馬車從公館馬路（今金陵東路）領事館門口起，向前直駛，一直到由法國神父傳教的徐家匯教堂。就此擴展了法租界面積。梅郎有功。哈同後來買進汽車，梅郎就當汽車夫，向工部局登記，領取汽車夫第一號執照。

清朝末年，有一個名叫潘起亮的，又名可祥，外號「小鏡子」。江蘇南京人。馬夫出身，威武有力，愛抱打不平，大家選他爲上海廟幫的首領。一八五三年（咸豐三年），他參加「小刀會」，在劉麗川領導下，武裝起義，任飛虎將軍。一八五五年一月，率部打敗法軍和清軍的進攻。後被圍困，血戰後突圍而出加入太平軍。在寧波管理天寧關。同治四年（一八六五年），在廣東大埔縣與清軍作戰時犧牲。

還有一個姓陳名阿林，又名亞林。福建人。他是上海英國領事館的馬車夫。與潘起亮同年參加「小刀會」起義，因武藝超羣，有勇有謀，升爲大明國統理政教招討左元帥，後改稱爲太平天國統理政教招討左元帥。一八五五年，被清兵包圍，他突圍後從上海流亡海外，不知所終。

馬車夫出身的勞苦大衆，爲了打倒封建皇朝，成爲民族英雄。天下少見，也是上海的光榮。

上海出英雄也出狗熊。同是馬車夫出身的謝葆生，曾是海派名伶吕月樵的馬車夫，他嗜酒愛賭，還行凶打架，捉進牢監，多虧吕月樵夫婦出面擔保。後來他拜黄金榮爲「老頭子」，敲詐勒索，無所不爲。吕月樵抱病上臺，死在臺上。寡婦向謝葆生求助，哪知他翻臉無情，反要將吕月樵女兒吕美玉送給黄金榮。後來他參加青幫，更無忌憚，開設卡德浴室、旅館，又從沙遜手裏接辦仙樂斯舞廳，不可一世。上海淪陷，他投靠漢奸陳羣，曾任僞江蘇省警察廳長，抗戰勝利，因漢奸罪名被槍斃。

公興水菓批發
公
興
批發經營南北應時鮮

水果行裏出大亨

母親每次出門購物，總要車夫阿二到十六舖外灘去彎一彎，在一家熟悉的水果行門口停下，自己不下車，等水果店老板或者伙計趕出來迎接老主顧。每月有不同的時興水果：桃子、楊梅、枇杷、石榴和一般的香蕉、橘子。水果店老板先拿出樣品，給母親看，繼而呼喚伙計裝籃，還殷謹地送到車上。母親付錢後，老板又奉送一隻佛手，於是母親鼻聞佛手的香氣，車子踏脚板上擺滿水果籃，我雙脚擱在籃子上。車夫阿二快步拉着回家。

十六舖有好幾家水果店，其中一家年分很久，牌子最老的是寶恒水果行。在光緒廿八年，有人將一個十四歲的孤兒送來當學徒。這孤兒姓杜名月笙，其先人祖籍浙江海寧，曾經營絲繭行業，以後敗業纔移居上海浦東川沙。二歲喪母，六歲喪父，八歲那年，繼母送他去私塾念過書，不久自己被「白螞蟻」騙走，杜月笙孤苦伶仃、生活無靠，祇得流浪街頭。他討過飯，做過肉舖小下手，還學過做强盜，干過小扒手，對賭博來了興趣，成爲終身嗜好。他年老的外婆不願外孫成爲乞丐，就送他到十六舖寶恒水果店當學徒。可是他不學好，吃喝賭博，還偷竊水果，被老板趕出。他的師兄弟介紹他進「潘源盛」，老板嚴格管制，他纔老實，坐在店門口，學會削果皮的獨特本領——眼睛看着別處，嘴裏和人談笑，以靈巧的手勢，飛快的速度，眨眼工夫，均均勻勻削下一圈圈果皮，粗細如一，不折不斷，隨後將新鮮水淋的果子送給顧客嘗味道。他這套本事，得到一個綽號，叫「水果月笙」。他還有一個惡作劇的本領：將果皮和果核，偷偷地向乘車而過的時髦女人扔去，百發百中。

二十年後，「水果月笙」成了上海大亨。他爲了顯示自己高貴出身和不可一世的社會地位，於一九三〇年，在浦東家鄉落成杜家祠堂，並舉行盛大典禮。在祠堂大廳屋檐上掛一隻水果籃，表示富貴不忘其本。

攝影棚裏名導演

我五六歲時，就愛看電影。在兩位姐姐帶領下，每禮拜至少兩次去電影院。看到影片裏電影明星的表演和影片動人的情節，簡直入了迷。我祇看到演員演戲，也從「片頭」上看到編劇、導演、攝影等名字，不知道這些人與電影有什麼關係。

後來一個偶然的機會，我到香港一家電影廠去當編劇，我常常到攝影棚去看拍戲。過去影片「片頭」上的名字，都化成真正的人。攝影棚裏最忙碌的是導演、攝影、録音、美工，他們都是幕後人物，沒有他們，影片拍不成，演員也不會出名。

我看到過三十年代的大導演朱石麟，他身患殘疾，行動不便，他告訴我：他原是編劇，想當導演，要從上海去北京的導演孫瑜幫忙，把他的短片《自殺合同》拍成影片。孫瑜把帶去的攝制組借給他，阮玲玉任女主角，每天扶着他上五樓，一邊演戲，一邊侍奉他，朱石麟後來成名，不忘記阮玲玉對他的恩情。

《狂流》導演程步高曾訴説：他去武漢拍攝水災的驚險情況，成爲第一部「左翼電影」的典範。

我見過卜萬蒼，他自稱是中國「西席地・密爾」，愛拍大場面，在攝影棚裏，指揮羣衆演員，活像戰場上一員大將。

《夜半歌聲》的導演馬徐維邦是出名的慢車導演。拍戲前，對布景、道具和角色化妝都要親自過問，還一一用手撫摸，他特別注意製造氣氛。對演員衹是啓發，演員不領會、演不好，他不責怪，衹懊惱地擊敲自己的頭，拍一部戲，至少痛苦半年。

有獨特風格的費穆，人稱「鬼才」，每次拍戲，他不用劇本，而是當場把寫在紙條裏的對話告訴演員，要演員講，演員不知道整個劇情，也不知道這場戲插在哪裏。可是影片完成後，一放，故事情節，演員表演，竟十分動人，令人嘆服。

應雲衛平時愛説笑話，拍戲時十分認真，他爲演員設計動作，演誰像誰。

《夜半歌聲》的攝影余省三、化妝師宋小江是我同事。談到《夜半歌聲》裏神秘氣氛和宋丹萍被毁容後的化妝過程，他們爲該片的拍攝立下大功。

湯曉丹的虛心而有膽魄的導演風格。桑弧的温和從容，謝晋的激情，都爲電影工作者所稱道。

我不進電影廠不知道這些幕後人物對電影的重要貢獻。中國的電影史册就是他們用心血、青春以及生命譜寫而成。

古玩細瓷
經營
歷代錢幣
各朝銅鏡
唐宋名瓷
名家字畫
秦磚漢瓦
好古

舊貨店裏的飛鶯

我家鄰近開設一家舊貨店。我記不得它的招牌了。聽我大舅父説：這家舊貨店與滿庭芳專售古玩、錢幣、字畫的舊貨店攤不同，更多的是家用雜貨：銅痰盂、紅木椅、紫銅器，以至烟灰缸、舊手表等。雖是舊物，可是比較值錢。常常有人上門來要求買一隻花瓶放在客廳裏作爲擺飾，也有家裏缺一隻銅痰盂，來找一隻相同的買回去配對。來的主顧很多是識貨朋友或者是急需的，他們東找西尋，找到新聞路這家冷門店，居然一眼看中，得來全不費功夫，寧願出大價錢，决不肯放過。也有一些主顧，閑來無事，看看白相相，看中一樣舊貨，感到興趣，討價還價，買回去擺擺樣子。也有門檻精的懂得新勿如舊，東西是老牌的好，而且價鈿比新的低，再要求打個折扣，既揀到便宜，又滿足購買欲。

就這樣，這家擺滿各種各樣舊物的舊貨店，居然主顧不斷。可是我們從來没見到老闆，衹看到一位老闆娘，她梳着横愛司髻，四十不到，面目清秀，終日忙忙碌碌接待顧客談生意，講價錢，非常能干。空閑時，拿着一根鷄毛撣帚，把器物上的灰塵拂去，看到熟人走過，客氣地笑笑。

不知道她姓啥，就稱呼她舊貨店老闆娘。她與左右鄰舍很少來往，也很少有親戚朋友上門。她衹有一個妹妹，面容與她相像。小時候也曾住在她店裏，後來好久不見她踪影。

一九四六年，有一部歌舞片《鶯飛人間》上映。影片插曲《香格里拉》是我的老友陳蝶衣先生作詞，我當然去觀看。影片一般，女主角歐陽飛鶯表演尚可，可是她主唱的那首《香格里拉》却非常動聽，廣爲流傳。當時上海人幾乎人人會唱，《美麗的香格里拉》的歌聲處處能聽到。

有一天，我正回家，路過舊貨店時，忽然一輛三輪車停在門口，從車上下來一位盛装艷服的女郎，我一看是《鶯飛人間》女主角歐陽飛鶯。她飛步走進舊貨店，親熱地招呼那位老闆娘：「姊姊！」

我真没想到：舊貨店竟飛出來一隻歌唱《香格里拉》的夜鶯鳥。

賣花女的命運

上海雖然有不少公園和私人花園，供人們玩賞，可是人們要在自己家裏養花和婦女頭上戴花，總要靠花販或賣花女送花上門。你可以在街頭巷尾發現有人挑着裝有十幾盆鮮艷花朵的擔子或穿着整齊，面目清秀，手挽花籃，嘴裏嬌聲嗔叫：「阿要買梔子花、白蘭花」的少女。在撲鼻的香氣中，迎面走來。

清代光緒年間，上海四郊就有不少花圃。每日清晨，花販們先聚集在西門南陽橋一帶的「丹鳳茶樓」、「春風一笑茶樓」裏憩息，然後到花圃去挑選上市的花種：「白鶴花」、「綉球花」、「櫻桃紅」、「紫羅蘭」等等，裝在橢圓形竹筐裏，挑着上街兜售。

我母親喜愛花朵，見到花擔，總要買上幾盆放在客廳的擱几上。到了夏天，她幾乎每隔一天，就要從賣花女那裏買幾朵白蘭花，掛在鈕扣上，在汗水中聞到香氣。有時買梔子花插在髮髻上又香又好看。她見到清秀的賣花女，很是憐愛，常常多買幾朵，多給些錢。

別小看賣花女，她們不會一輩子賣花，有的後來做別的行業，也有嫁個好人家。

清朝末年，上海有一條從静安寺直通蘇州河的涌泉浜（即今南京西路），浜畔有個羅家村。一個姓羅的男子，原是摇船的，娶一個福建女子。後來男的參加小刀會，被打傷，不能劃船，衹得在家門口擺攤，生活困難。妻子到法國人家當女傭。丈夫忽然暴卒，妻子却生一女兒，跟隨法國主人，名叫羅絲（既姓父姓，又是法國名字），不久法國主人離棄母女而去。母親携女回到涌泉浜，可是生活困難，羅絲已是少女，爲了生活，便從鄰近的花匠那裏要來花朵，上街賣花。她會幾句洋涇浜，到外灘洋人多的地方賣花，不期而遇到沙遜洋行的小職員猶太人哈同，兩人相識而相愛，結爲夫妻。十年後，哈同成爲地產大王、洋行大班。羅絲也改名羅迦陵，是上海唯一的中國大班夫人。

大餅油條的傳説

上海平民百姓愛吃的早點是大餅油條。

先講大餅的故事。西漢前後，人們開始將麥粒做成各種麵食，統稱爲「餅」。在爐裏烘的是「爐餅」，也就是大餅。

也有一種是放在籠子裏蒸的，也就是《水滸傳》裏武大郎賣的「炊餅」，如今有的影視劇裏把武大郎的炊餅變成烘的，錯了。

又據古書記載，漢代的宣帝在幼年時流落民間，不知如何度日，祇有向餅店賒來幾十隻大餅，沿街叫賣，賺些小錢買飯吃。這是皇帝賣大餅的故事，因此不能小看賣餅的小郎，不過這傳説我未經考查，未知是否可靠。

單吃大餅，又乾又硬，也没有味道，一定要夾油條。油條是將麵粉搓成長條放在油鍋裏炸，吃在嘴裏又油又香。所以大餅油條攤總是合在一起，人們也總是大餅油條一起吃，肚子大的吃兩張大餅夾一根油條，「美食」家要一隻大餅夾兩根油條，價鈿貴一些，味道好一些。

油條的故事更有趣。杭州有座岳廟，害死岳飛的奸臣秦檜夫婦的鐵鑄人像就跪在岳廟裏。老百姓恨不得把秦檜放在油裏炸，所以把油條叫「油炸檜」。上海人也都這樣叫，可是並不知道這來歷。

我曾訪問過評彈名家張鴻聲，問他如何練就這宏亮嗓子，他坦然答道：「賣油條。」他從師學藝時，總開不出口，嗓門不響，某日，在小巷聽到一個賣油條小販的叫賣聲，既長又響，驚動全巷街坊。張鴻聲就跟着學，他每天清晨，穿過小巷時，也高聲叫喊「賣油條！」後來他在臺上説《英烈》，一聲馬叫，彩聲滿堂。

説起油條，也有一段荒誕的故事。大躍進時代，有人提倡人民公社。吃飯勿要錢，一天三餐到公共食堂去白吃，撐開肚子想吃多少就吃多少。有一個人一口氣吃了三十根油條，結果活活撐死。

粢飯和萬里長城

上海人上早班，家裏來不及吃早飯，經過粢飯攤，買一團粢飯，一邊趕路，一邊咬嚼，到目的地正好吃飽。

我也愛吃粢飯，一定要在粢飯團裏「嵌」一根酥油條，再加一匙糖，又甜又咸，椒鹽味道，特別好吃。我更愛看粢飯攤的師傅如何做粢飯，他先將一條乾净手巾「攤」在右手手心上，左手從飯桶裏撈出一團飯，放在手巾裏，用手壓匀，再將油條一叠三，然後雙手連手巾一起又裹又捏，捏成一團。內鬆外結實，飯粒一顆也不落脱，真有本事。

「文革」時，和我一起挑糞勞動的道具師傅吴世蓀，他過去曾擺過粢飯攤。他告訴我燒粢飯的辛苦：前一天先將米用水淘清，細心挑出米堆裏的碎石、稗粒和垃圾。當日凌晨三時，就生火將米燒熟，放進桶裏，用布蓋得密密實實，抬到每天擺攤的地方，再買來幾十根油條，開始營業。不論天晴落雨、還是熱夏冷冬，每天一定要把一桶粢飯賣光。萬一生意不好非但要虧本，剩下的粢飯，衹能當飯吃，既是吃「老本」還要哽喉嚨。

我還聽到過一段關於粢飯的歷史故事：秦始皇派幾十萬民夫去築長城。當時没有水泥，就用糯米和石灰調糊，把一塊塊大石頭黏成一道道城墻。民工人多而糧食少，很多人吃不飽，在築城肚餓時，衹得偷吃黏墻的糯米，還暗中捏成一團，也即是秦朝時代的「粢飯團」，藏在衣内。古代六穀總稱爲「粢」，後世便稱糯米團爲粢飯，原來粢飯攤與萬里長城還有一段歷史因緣，不能小看。

豆腐漿與孝女

在上海人早點「四大金剛」中，唯一的飲料是豆腐漿。豆漿攤總是和賣粢飯的連在一起，吃客先買了一團粢飯，然後在豆漿攤坐下，要一碗淡漿、放糖的甜漿或咸漿，咸漿裏有紫菜和蝦皮，還加上三滴麻油，又鮮又香，價錢也就大一些。吃客多，有人就先在豆漿攤上落座，再要粢飯。搶勿到座位的就衹好立着吃。

豆漿好吃，既價廉又物美。是上海人愛吃的最可口而又有營養的早點。没有豆腐，糯答答的粢飯黏嘴巴，又乾又硬的大餅油條難下嚥。是誰發明做豆漿？真是一位體貼人心，善解人意的好心人。

請聽豆漿的故事：東周時代，有一位造酒的杜康，後來被世人敬爲釀酒行業的祖師爺，又稱酒神。這位酒神的傳説很多人都知道。可是他妹妹的故事很多人都不知道。他妹妹名淮南，不知道她長得如何模樣，未見記載。可是人間却傳説她是位賢德賢惠的孝女。她的哥哥杜康，常年出外，年老父母就由她侍奉。飲食起居全由她操勞。一天到夜，没有休息，連睡後在夢中也爲父母洗脚抹身。她爲了父母，遲遲未嫁，就爲了代替哥哥孝順父母。五年、十年過去，父母老了，她自己也年過三十，然還是十年如一日，侍奉雙親，父母因年老牙齒動摇，平時愛吃的黄豆已咬嚼不動。淮南爲了讓雙親吃到愛吃的食物，又能補身，衹得每日天不亮就起身，將黄豆用石磨磨成豆漿，供父母飲用。父母吃在嘴裏，見女兒一雙起繭的雙手，痛在心裏。女兒見雙親喝下自己親手磨出來的豆漿，雖苦也歡喜。這位孝女便是豆漿的發明者。

請問愛喝豆漿的朋友們，無論男女老少，你們是不是也像淮南那樣孝順父母？

新增
油餅
山東高莊饅頭

高壯饅頭和油餅

南方人愛吃有餡的生煎饅頭、湯包等麵食點心。北方人習慣於吃實心的高壯饅頭（上海人叫「高脚饅頭」）和麵餅。馬路角落，常有山東大漢，有的用粗壯雙手，揉麵團，做饅頭，放在蒸籠裏蒸。有的將麵團用手心壓扁，放在平鍋裏燒成油餅。大爐子裏的煤燒得通紅通紅，熱氣從爐邊往外直噴。大師傅滿頭大汗，還用雙手握着火燙的鍋子邊沿，不停地旋轉。

北方人做餅，很有講究。有用小米、黄豆加水磨成汁，放在鐺上烙成的「煎餅」，有豆沙餡或塗香油、灑椒鹽的甜咸「蒸餅」。燒餅的種類更多，都是北方特有的。如灑了芝麻的「吊爐燒餅」，皮薄餡軟的「馬蹄燒餅」，餡兒特甜、黄米製成的「澄沙燒餅」和把攙有芝麻醬、茴香籽，捲成長筒狀的再纏成螺旋狀的「螺蛳轉兒」。還有「蹄燒餅」和用很硬半發麵攙入白糖後連烙帶烤而成的「硬麵饃饃」。更有「麻花」和「兩面兒焦」，是黄玉米做的貧民化食品，既能解飢，又越嚼越香。

在上海馬路上和高壯饅頭一起賣的餅，大家叫它「羌餅」，是大衆化食品，師傅雙手將麵團在案板上壓成大麵塊。在鍋子上烘。買客照定價付錢：一角一斤。師傅用刀切下一斤重的餅，又熱又鬆，買客一面走一面吃。價廉又飽肚。

至於上面所説的講究的燒餅，要去南來順等館子吃涮羊肉時纔能吃到，味道好，價錢也貴。

昔日上海灘的夜市在我們低層社會這種餛飩攤最有夜上海特色，加上攤主竹爿的擊節聲代替人聲的叫賣使夜上海更空凉幽深，餛飩攤適應了低層的那些過夜生活之輩的需要，但我記憶最深的是這副十分合理而有趣的擔子。

己巳年正月十九春寒

敦邦畫並記

大衆通食——餛飩

比大餅油條、粢飯、豆漿更高一級的點心是餛飩和湯糰。

先抄一段「竹枝詞」：「大梆餛飩人人敲，碼頭擔子肩上挑。一文一隻價不貴，肉餡新鮮滋味高。餛飩皮子最要薄，贏得縐紗餛飩名蹊蹺。若使縐紗真好裏餛飩，緞子付綢好做團子糕」。

再談餛飩的歷史和軼事：古時稱「餛飩」爲「餅」。那是把煎餅切開，泡在熱湯中食用。北齊顏之推説過：「今之餛飩，形如餃」，説明餛飩的變形，從餅狀變成餃形，接近餛飩形狀。畫家韓伍在一篇談餛飩的小文章裏講一段小故事：元代文學家陸友仁請知府老爺吃點心，端上桌時，知府見是八隻碗口大的麵食，不知是何物，友仁告知這叫「滿橘紅」，俗稱餛飩。這八隻餛飩每隻包有四兩肉餡，知府三隻下肚，再也吃不下，可見古時的餛飩和碗麵一樣大。

我家馬路對面有一家餛飩店，有菜肉的，有鮮肉的，也有小餛飩，味道可以，吃一碗不飽，吃兩碗肚脹。我母親到南京路買東西時，總要帶我到「冠生園」或「大三元」去吃廣東餛飩。廣東人稱餛飩爲「雲吞」，有蝦子雲吞、鷄粒湯雲吞，我最喜歡吃蝦肉雲吞，薄薄的皮子，粉紅色的蝦仁和鮮肉揉拌的餡子，真是好看，吃在嘴裏真是鮮美可口。

上海這麽大一個城市，能有幾家餛飩店。爲了滿足人們的食欲就有數不清的餛飩擔，走巷穿弄，餛飩擔各式各樣，各地各狀，最輕便和考究的是「駱駝形」的竹製駱駝擔。造型和結構非常奇特和巧妙，前面是燒火的爐子和燒滾一鍋熱水的鍋子，鍋子四周有碗盞。後面有幾層架子，擺滿油、蝦米、鹽、醬油、葱和胡椒粉，還有幾抽屜生餛飩。賣餛飩的一敲板子吸引吃客，有的買回去，有的就當場吃。

上世紀五十年代，我曾和導演石揮、謝晋、徐昌霖等去蘇州旅游。晚上聽書，書場太鬧，我們半途退出。看到馬路旁有一個餛飩攤，肚子並不餓，祇想嘗嘗路上吃點心的味道。餛飩真鮮真好吃，石揮更是稱贊不已，他那眉色飛揚的神采使我至今難忘。誰想到一年後，他在反右中被鬥，冤沉海底。

生煎大王

生煎饅頭

在各色麵食點心中，生煎饅頭最有上海特色，受人喜愛。生煎饅頭不同於其他饅頭肉包，它重油餡多，上撒芝麻葱花，在鍋裏生煎。等到開鍋，香氣撲鼻，吃在嘴裏，又熱又鮮。没嘗到味道，不塞飽肚子，不肯罷休。

二十世紀二十年代的上海灘，創辦大世界游樂場和中法大藥房的黄楚九，爲了給自己商品作廣告，特地在浙江路開一家茶樓，取名「蘿春閣」。專供客商品茗解渴，交談生意。可是由於茶樓不備早點，使早來的茶客只能空着肚子喝早茶，喝了茶再出去吃點心，不免過遲。所以客人越來越少。黄楚九暗暗着急，他想方設法，無計可施。一直掛在心裏。

他每天早晨從家裏坐車到茶樓時，必定要經過福州路，常見有一弄堂口賣生煎饅頭，從早到晚，生意興隆，他曾買來吃過，果然餡滿汁多，鮮美可口。某日，那生煎饅頭攤忽然停業。買客却圍着不走，不斷吵嚷。黄楚九下車詢問，饅頭師傅氣憤回答：「老板嫌我餡子放得太多，而且外加肉凍，嫌我花費成本太大，就停我生意。」黄楚九一聽，立即請這位能手到「蘿春閣」去。他不怕虧本，却因此引來衆多茶客。不久，上海灘就流傳：「要吃生煎饅頭，快到蘿春閣！」從此茶客盈門，黄楚九的茶樓生意日益興隆，他所出品的其外商品，在茶樓裏貼出廣告：「艾羅補腦汁」、「小囡牌香烟」、「百齡機」、「人造自來血」，以及「大世界節目單」等等，銷路大增。這就是黄楚九的生意經。

火熱豆腐乾

豆腐作坊除了做豆腐外，還出產不少副產品：豆腐漿、油豆腐、豆腐乾、臭豆腐，以及豆腐渣。普通百姓家每天飯桌上少不了豆腐青菜，而那些豆腐的副產品就成爲小市民的家常點心。

我家後門鴻福里，每天總有兩到三個的豆腐點心擔挑進來叫賣。生意最好的是賣「油豆腐細粉」。一個瘦長的四五十歲老頭，摇摇晃晃來到弄堂中心，一聲吆喝，買主拿了一隻大碗等候，他先撈一把細粉在鉛絲筒裏，放進滚湯中，將兩隻油豆腐用剪刀剪成四小塊，然後把細粉連湯一起倒在碗裏，加一些葱花，一共五個銅板。我衹吃細粉，喝鮮湯，油豆腐請姨媽吃。

還有一個挑擔是賣豆腐乾。前面是爐子架，鍋子裏燒着一串串豆腐乾。有人來買，他在豆腐乾上加上辣醬、豆瓣醬等，兩個銅板一串，顧客買回去當點心，也可以下酒。可是我很嘴刁，嫌没味道，不喜歡吃。因價廉物美，生意很好，他在後面擔子裏裝滿豆腐乾，一天保證賣完。

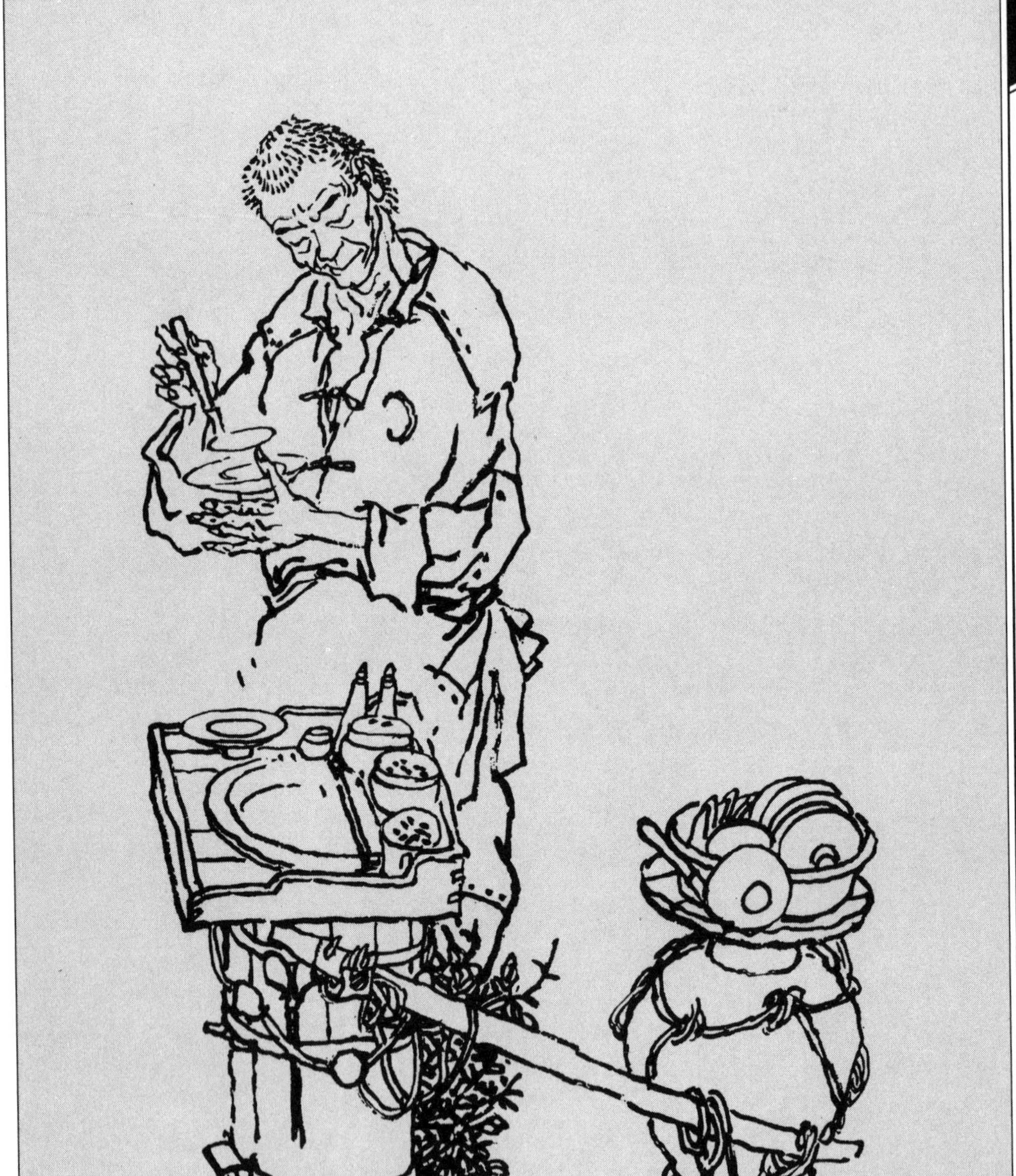

賣豆腐花

在所有豆腐擔子裏，最受人歡迎價錮也較貴的是「豆腐花」，北方人叫「豆腐腦」。

也是一個四五十歲的男子，挑着擔子，進弄堂，他總比油豆腐細粉、豆腐乾擔來得晚，他不怕別人搶他生意，有不少老主顧等他，衹要叫一聲：「豆——腐花！」馬上就有不少主顧像熟人一樣過來招呼。

「豆腐花」的豆腐又「白」又「嫩」，他用銅勺輕輕掏起，輕輕放在碗裏，像一塊塊白玉在水上漂。在白玉湯上再加醬麻油、蝦米和榨菜，味道真好。吃客衹要用嘴一吮，彷彿是一口鮮水從喉嚨一直流到心裏。雖然比油豆腐細粉、豆腐乾價錮貴一些，但值得，既可當點心，晚上還可以當湯喝，鮮美可口，是下飯佳品。

烘山芋最好吃

我最喜歡吃山芋。姨媽叫我「山芋包」。她從小菜場買回來幾斤山芋，燒山芋湯，又切成小塊，放在鍋裏炒，當小菜吃。然而總不能滿足我這個「山芋包」。母親每次帶我去南京路，總要到五芳齋去吃烤山芋。店門口有一隻大鍋，鍋板上擺着一堆紅赬赬的烤山芋，鍋裏燒着山芋湯。母親和我進小包房，兩人佔一張桌子，一碗山芋湯，再加上她愛吃的「甩水過橋麵」，我想吃的蝦腰過橋麵，而我祇吃兩口山芋，嘗嘗味道。

山芋中我最愛吃的是三個銅板一斤的烘山芋，可是沒有專賣烘山芋的店，祇有弄堂口的烘山芋攤：一隻用木條箍的大泥爐，從爐口冒出火星，一個老頭用長柄火箝將生山芋放進去，把烘熟的山芋拑出來，一股撲鼻香氣先就引起食欲，可是太燙，用紙一包回家就吃，既便宜，又肚飽。

乾草梅子、茄辣菜

我去大世界，雖然主要是看戲，可最感興趣的是走廊裏有一座銅製的大茶桶，你從茶桶口子裏扔進一個銅板，就從壺嘴裏流出熱水，正好一杯。我不是因爲口渴想喝茶，而是覺得好玩，於是一杯盛滿了，倒掉，再盛一杯，把口袋裏的銅板全用完。

大世界每個場子都有各種小販來兜賣，有糖果，有茶葉蛋，有餅乾，也有大肉包子。這些食物在外面店鋪裏都能買到，祇有一種食品別處没有，那就是一位胖乎乎的小販，頭上頂着一個木盆，盆裏有幾隻碗，輕輕喊着：「黄連豆、乾草梅子！」我就愛吃這些閑食，還有茄辣菜，我更喜歡。

燻味
無錫

賣燻腸肚子的無錫人

每天下午四五點鐘，太陽還没落山。就有一個身材不高的胖子，一手挽着雙層竹製盒籃，一面用無錫口音喊叫：「賣燻腸肚子，要哦，燻腸肚子！」

聽到這熟悉而誘人的叫聲，弄堂裏本來關着的門户唰地打開，有的拿着碗，有的空着手，都湧到那無錫人面前，你買壹角錢燻腸，我買壹角錢肚子，他買三角錢猪肺，無錫人温和地一面笑，一面收錢，一面把盒子裏的燻腸拿出來放在氈板上，用刀子切成一段一段，放進碗裏，還從瓶子裏倒出十來滴鹽水，或者將一塊肚子切成一小塊一小塊，買主没帶碗，就放在自己帶來的一小張紙片上面，再灑上細鹽。就這樣，一個接一個，不到半小時，帶來的燻腸肚子賣掉一小半。别人再要買，他笑着打招呼：「對勿住，不好全買光，後弄堂還有老主顧等着要吶！」説罷，拎起盒籃就離開，一路上還笑着説：「對不住！對不住！明朝會！」

那無錫人人緣好，會做生意，主要是他賣的燻腸肚子好吃，又香又鮮，大多數主顧買了當下酒的菜。我一聞到那香味也嘴饞。可是大姊不許我買，説不衛生，吃了要生病。不過我曾有幾次偷偷地要娘姨阿堂買壹角錢肚子，真好吃。

無錫人天天來，到了熱天，因爲買主多，一天來兩次。生意太好了，燻腸肚子的味道就不如過去。有人説咬不動，没燒熟，也有人説猪肺裏發現蟑螂脚，不乾净。可是説管説，他一來還是搶着買。

有一天，他上午來了，賣出去大半。下午又來，希望賺更多錢，不料，一進弄堂，就有人等着，立刻冲到他面前，駡他：「中午吃了你燻腸肚子又吐又瀉，差一點没命！我要跟你算賬！」接着，又有一個喝醉酒的主顧來討賠賬，還凶狠地將無錫人的盒籃踢翻，所有的熟食落滿一地。無錫人笑着向大家賠禮還錢。最後匆匆收拾，哭喪着臉離去。從此他再也没有來過，弄堂裏再也聽不到無錫口音的叫賣聲：「賣燻腸肚子哦！」

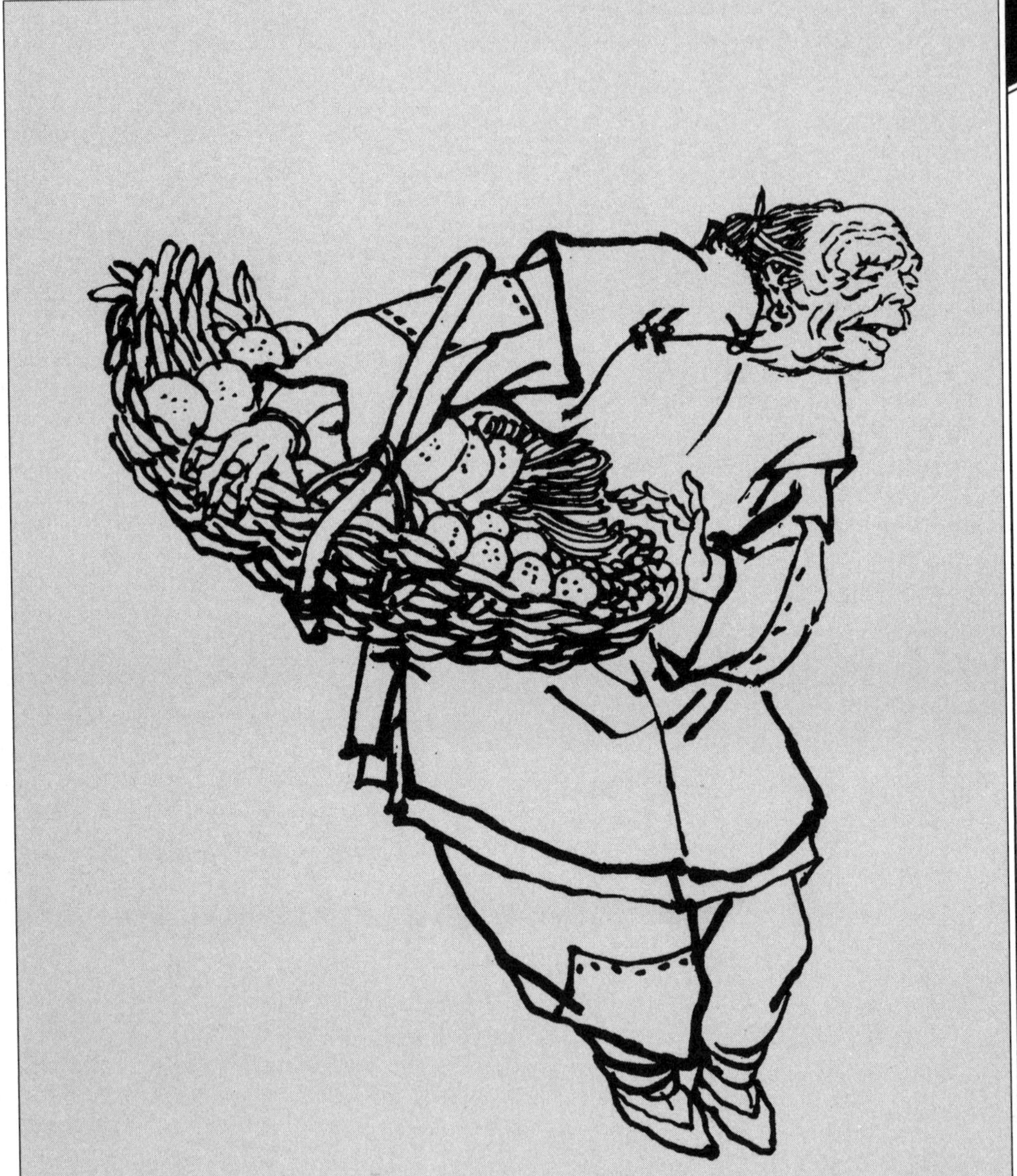

夜來叫賣聲

上海市民的早點，大多是大餅油條，省時省錢。一清早就到弄堂口大餅油條攤去排隊買。大餅油條攤上在烘大餅煎油條時，不用呼喝叫賣，就有不少吃客立在攤前等。等老師傅把大餅在木桶火爐裏烘熟，油條從油鍋裏取出，擱在鏤空的鉛絲漏斗裏把油滴盡，然後付錢，一手拿着用報紙裹着燙手的大餅，一手拎着用一根稻草穿着的油條，回家去吃，有的乾脆將大餅包油條，一路咬嚼，一路趕上班。

也有不少家庭主婦，一清早家務特别忙，不可能因爲買大餅油條，特地出門一次，又不是等着要吃。等早市一過就會有人送貨上門。

每到八九點鐘，總有一個小孩，他是大餅攤裏的學徒，手挽竹籃，籃裏有不太熱的大餅，和滴乾油的油條，天冷時還在籃上蓋一塊白布，一路叫喊：「賣大餅——油條！」聲音很響，讓人聽見，於是有的主婦推開樓窗，用繩子吊下一隻家用篾竹小籃，裏面放着錢，朝樓下喊一聲：「買一副大餅油條。」孩童收錢，將大餅油條放進籃裏，主婦將籃往上提進屋裏。

我家後門鴻福里，除早上一次大餅攤學徒零買大餅油條外，每天下午，有時黄昏，就有一個老嫗，手挽竹籃，除大餅油條外，還有脆麻花，用蘇北口音喊着：「大餅、油條、脆麻花！」可是買的人不多，難得有兩三筆生意，大多買一兩根油條，吃夜飯時，開水一泡，當湯吃。

這些年來，有不少描寫上海灘的電視劇，爲了增加生活氣息，在三十年代竟唱着四十年代周璇唱的歌曲。也有住貧民區的草棚户，到了晚上，竟響起「白糖蓮心粥！桂花赤豆湯」、「火腿粽子！」的叫賣聲。那些編導們太不了解，也不向人請教，不知道住在貧民區的勞動人民吃不起那些高檔點心，他們衹吃「大餅油條，脆麻花！」

三號裡擺水菓攤的蘇州好婆，每逢秋天總改賣糖炒栗子，做生意當然要和氣生財，也要隨機相變勿能死板。

敦邦戊辰秋日始筆畫春申三百六十行

糖炒栗子，難過日子

老上海有一句人人皆知的俗語：「糖炒栗子，難過日子。」因爲秋風一起，街頭巷尾，店舖攤販，紛紛炒賣糖炒栗子，愛吃閑食的將一年一次的熱炒栗子買回去，剥殻吃肉；而買不起栗子的，在秋風蕭瑟中急於把當舖裏的寒衣贖出，還顧不上一日三餐，聽到炒栗子的聲響，真是心煩，默想着今後的日子難過。

我家吃得起「糖炒栗子」，母親更愛吃，她不買攤頭裏小販炒的栗子，總要到被稱爲「栗子大王」的「新長發」去，還先親自吃兩顆剛炒熱的栗子，嘗嘗味道是不是熟，有没有香氣甜味，然後買了五六斤回家，分給大家吃。

抗戰以後，我家漸漸敗落，但豆腐翻掉了，架子没有倒，每年秋天，别的可以省，糖炒栗子上市，母親還一定要到新長發去買。後來家境更是困難，到了「難過日子」的境地，管家的她，拼命節省，我們小輩，知道她想吃栗子，還是到新長發去買。直到她病重逝世，我們子女在她靈臺上供一袋剛出鍋的新長發糖炒栗子。

花柳

五香茶葉蛋

有人買來鷄蛋，不是自己吃，而是將蛋和茶葉一起煮：燒成茶葉蛋。原來的蛋殼由白變成赭，還發出茶葉香味，引起人食欲。人們買回來現成的茶葉蛋，既不用燒，味道又好，可以下酒，又可當菜吃，省火省油又省錢，實在是美妙食品。

老上海沒有一家專賣茶葉蛋的餐館，但是一到晚上，街頭燈下，就會有賣茶葉蛋的小販，擺攤叫賣。常常是一個老婦人，或者小孩童，叫聲又輕又啞，也有過路人來買兩個、三個。遇到下雨，行人稀少，生意不好。茶葉蛋的叫賣聲顯得特別悽涼，令人哀傷。

吃白果

雖是晚秋季節，氣候尚熱，每到夜裏，在屋裏耽不住，就到外面去乘風凉。就會有人挑擔前來，擔上有一小煤爐，鍋子裏有白果和蚌殼片，放在一起炒，他一邊炒，一邊唱：

香是香來糯是糯，
大家來買熱白果；
一個銅板買三個，
……

這是開場白，接着有很多好聽的唱詞：老伯伯吃了樂呵呵，小姑娘吃了生酒窩等等，真會招來不少顧客。

我母親喜歡吃熱白果。每次總要買一小碗，大家分來吃。可是祇給我吃三個，我再要，她說：多吃要吃醉。姨媽還講一段故事：有個老伯伯，天天吃白果，一個人吃一碗。吃好，口吐鮮血，死了。有人說：白果太熱，吃多了，人要燒死。有人說：白果有毒，吃太多了要毒死。

我活到八十，每次吃白果，就不敢多吃。還悟出個道理：食物不能吃得太多（撑死），事情不能做得太多（累死），錢不要賺得太多（怕搶），名氣不要太響（遭嫉）。太多也就是「過度」。過左和過右同樣害人，還害自己。

冰糖山楂

我不喜歡吃粽子糖，可是嘴裏常常發淡，想吃甜食，凑巧有人背着一根長稻草巴，插滿冰糖山楂（就是北方的冰糖葫蘆），山楂是水果也是藥材，酸味，補心臟；山楂外一層糖面，祇是甜嘴巴。這是南北兩地平民百姓常吃的糖食，便宜而實惠。我也總要買一串，把山楂外的那層糖咬進嘴裏，嚼碎融化，嚥下去。我又怕酸，把吃剩的山楂偷偷扔進陰溝裏，這種吃法實在是害人害己，多吃糖大牙都蛀掉；不吃山楂，所以心臟不好。

爆炒米花

父親帶我到大光明電影院看電影，總買一瓶荷蘭水，而且還是有些苦味的「沙水」，還加一包「六穀胖」。荷蘭水我嚥不下，六穀胖沒味道。我把吃剩的半瓶汽水偷偷地塞在椅子底下，把「六穀胖」帶回家，丟進紙簍裏，讓娘姨倒掉。

後來，我常常聽到從弄堂口傳來爆炸聲，我跟着大家一起去看，原來是賣爆米花。我也向姨媽要了一碗米，爆成米花，又香又好吃，放在嘴裏比大光明的「六穀胖」有味道。

三年自然災害時期，買不到餅乾等閑食，爆米花應時而起，我已是階下囚，不算窮，也很苦。我女兒拿了米和糖精去爆成米花，她們很是滿足，還塞到我嘴裏給我吃，我嘴裏説好吃，可心裏却感覺到有一種説不出的滋味，又苦又澀。災害啊，三分自然七分人禍！

阿記
每斤
每斤貳
每斤叁
每斤貳
每斤
每斤壹

水果攤生意難做

我母親買水果總是去十六鋪，除十六鋪以外，有一些小馬路上也有水果店。可是上海住家多，買三兩隻水果難道還要走遠路？爲了吃客的需要，在馬路角落，弄堂兩旁，有人推出水果攤，讓回家過路的行人隨手購買。

雖然是個小攤，可是水果的花色却要齊備，而且要應時新鮮。春夏秋冬四季，季季換貨，他們到十六鋪去批貨，拿少了不够賣，多了賣不完，剩下來要壞，逢到黄梅天連日下雨，行人少，眼看水果一天天爛下去，自己吃吃不得，扔掉心痛。怎麽辦？怎麽辦？

秋風起，大閘蟹攤販街巷遍見，夜市尤爲閙猛，小民百姓也能應景嚐新一二，决非現時無價之昂貴矣！

戊辰秋日敦邦赤膊憶寫並記

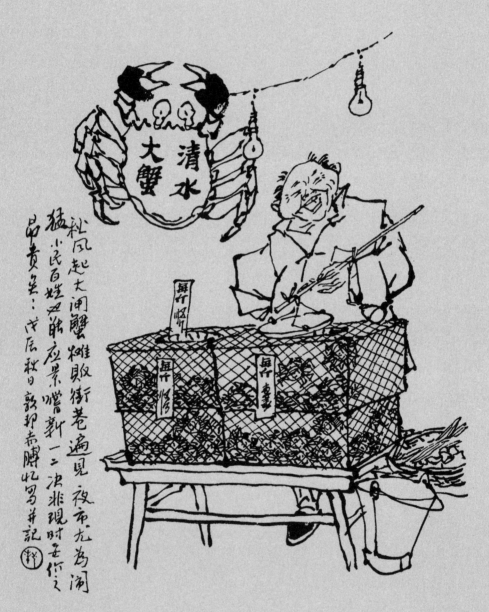

清水大閘蟹

每年到了金風送爽、菊黃蟹肥時節，上海人就要吃清水大閘蟹。有不少攤販，本來是賣魚蝦的，現在帶賣蟹。小菜場裏有人擺蟹攤，鐵絲籠裏總有幾十隻蟹爬來爬去，顧客上門，攤主伸手從籠裏抓出來，雌雄對搭，用草繩把七、八隻蟹串在一起，拎回家去吃。

我家人多，一買就是三十隻，養在脚桶裏，上面壓兩塊洗衣板。傭人將麻綫把一隻隻蟹紮牢，放在大鍋子裏蒸，我聽到平時横行不法的蟹先在鍋子裏掙扎，十分鐘後，聲息全無，都成了滿身發紅的死蟹。

我大哥吃蟹很細心，剥殼，剔肉，吃後把殼還可以拼成一隻蟹形，我没有這種本事，手不剥殼，祇用嘴咬，一隻蟹我祇吃到一半肉。

上海有一家王寶和酒店。出名「酒祖宗」和「蟹大王」。進去吃酒能吃到真正的陽澄湖大閘蟹。我和唐大郎、龔之方、陸小洛一起去吃過一次。記得唐大郎還當場寫首詩，第二天在小報上發表。龔之方告訴我電影界有不少明星在這裏吃蟹。

我對吃蟹興趣不大，因爲剥殼剔肉感到麻煩，而且吃一隻太少，多吃了舌頭痛。第一口鮮，最後味道越吃越少。我愛吃炒蟹粉、蟹粉獅子頭等菜肴。還有點心蟹粉面、蟹粉饅頭。

一九四三年，日本憲兵隊抓我，在審問我時，將我拷打。那日本憲兵一臉横肉，手上長毛，駡人時口噴白沫，活像一隻張牙舞爪、横行霸道的大閘蟹。抗戰勝利，日本投降。上海日本憲兵隊由國軍接管。報社派我去採訪，我看到那些日本憲兵排隊立在空場上，個個垂下頭，像一隻隻死蟹。

粽子

端午節吃粽子

五月初五是端午節。每年到了五月初，我家就爲了過端午節而忙碌。熟悉風俗的姨媽，先從小菜場買來菖蒲、艾蓬和大蒜，紥在一起，還把菖蒲剪成寶劍形，掛在門口，表示壓邪。還去中藥店買雄黄泡在酒裏，在吃飯前喝一杯或幾口，説是解毒；可千萬不能多喝，《白蛇傳》裏的白娘娘就因爲在端午節喝了雄黄酒，現原形嚇死許仙。嬰兒穿老虎鞋。姨媽還將雄黄粉摻水調成糊，在我額頭寫「王」字。意思是虎王在此，百病禁忌。端午前大掃除，特别在牀底下噴燒酒，還烟薰蛇蟲百脚，事實上是出自古代的一年一度清潔消毒日。

端午節最重要也是大家最感興趣的是吃粽子。粽子的歷史故事是屈原投江後，百姓怕他挨餓，做了粽子，投到江裏，請他吃，後世人衹知道趁機大飽口福。在端午節前幾天，有店家和攤販已出售粽子，可我家裏總是我姨媽爲主，自己做。先買來幾斤箬殼，在水裏浸三天三夜，又淘好幾斤糯米，然後將赤豆燒熟調成豆沙，將夾精夾油的猪肉切成小塊。在端午節前一天，姨媽帶頭裹粽子，我兩個姊姊相幫。包粽子有技巧，米放多放少，赤豆散布是否均匀，豆沙够不够甜、肉有没有鮮味都有講究。最難的是包兜箬殼，不能太緊，也不能有漏空，否則，不是露餡就是裂開，不結實也不好看。大家等粽子燒熟，二位姊姊分給大家。母親愛吃赤豆，哥哥吃肉，我衹吃又甜又多的豆沙，而姨媽自己衹吃她特做的碱水粽，説吃了整個夏天不會瀉肚子。

我結婚後，姨媽裹粽子的技術傳給我妻子，每年端午，她也一定要自包粽子，不論是肉粽還是豆沙粽，都比我姨媽做得好，對我胃口。她一直做到八十歲。我和女兒們不許她如此忙碌，就停止生産，到喬家珊去買來吃，味道也不錯，可我總説没有她自己做的味道好。

西瓜要哦，西瓜！

每年夏天，天氣轉熱，人們一動就會出汗，西瓜就上市。上海幾條大馬路出現西瓜攤，兩個攤販將一籮筐西瓜抬到路口，把籮筐裏的西瓜一個扔，一個接，安放在地上，然後將籮筐倒放過來，上面鋪一塊圓盤，又將扁擔竪起，掛上張開的傘，擋住炙熱的陽光。其中一個身强力壯的漢子，手舉瓜刀，先將一隻西瓜對半切開，一半放進玻璃架裏，防蒼蠅；另一半，小的切成十二塊，大的切成十六塊，一塊一塊排在圓盤上。另一個攤販手裏舉着西瓜，嘴裏喊着：「老虎黄西瓜，又黄又甜。包開西瓜，刮刮叫，來、來、來，一角洋錢買一塊來！」同時用手拍着西瓜，招徠顧客。攤子一擺出，就有人來買，站在攤旁吃，生意越好，切西瓜的越忙，不到半天就把抬來的西瓜賣掉，下午再去抬一擔。

我母親從來不許我們到西瓜攤買西瓜吃。每到夏至，總有西瓜販子上門，我家一買就是兩擔，一擔有十多隻。瓜運到，就塞在兩張八仙桌下，我們全家十幾口人，加上店員、車夫和娘姨，每人三塊，總要開五六隻西瓜，有時來了客人，還不够吃。常常不到五天，兩擔西瓜就吃完，母親看到八仙桌下祇剩兩三隻，就要瓜販再挑兩擔。

姨媽告訴我：除西瓜外，還有東瓜（冬瓜）、南瓜和北瓜。可是她説不出來歷。後來我查看一些書，纔知道西瓜爲什麽叫西瓜。

漢武帝時代，張騫出使西域（今新疆地區）後，將一種瓜入貢漢武帝。當時無以名之，因來自西方，便稱之爲「西瓜」。

據《新五代史·四夷附録》上記載：「五代時，胡嶠居契丹，始食西瓜。」並説是由契丹破回紇始得此種。由此更可以相信西瓜是從新疆及蒙古一帶邊疆地區流傳過來的。

李時珍在《本草綱目》中也提到：「陶弘景（南北朝人）注瓜蒂言：永嘉（即温州）有寒瓜甚大，可藏至春者即此也。」證明西瓜在南北朝時已傳入浙東。

一個西瓜，竟有那末多學問。

我吃過的冷飲

有人問我：從小到大吃過幾種冷飲，還問我上海的冷飲歷史。我沒有研究，衹能談談我過去在夏暑季節享用過的解暑妙品。

記得小時候，每到夏天，我姨媽總要燒綠豆湯和自己做甜栗糕，燒了一大鍋湯汁，再掏進盤子和盆碗裏，等冷却後，切成小方塊。我却愛吃綠豆湯，就要傭人到馬路攤子上去買，講明衹要綠豆和糯米，不要紅綠絲，買回來自己再加糖。

家裏不會天天做冷飲。一到熱天，就有「小赤佬」（上海人稱「鬼」爲「赤佬」，「小赤佬」就是「小鬼」）手挽竹籃，上面用破棉絮蓋住一大塊冰，一路喊：「冰啊，冰啊，賣冰哦！機器冰啊，賣冰啊！」你給他兩個銅板，他用鑿子把冰敲下一小塊，再用秤一秤，扔進你碗裏就走。我姨媽在碗裏放醋和糖，含在嘴裏，算是冷飲。這也是二十年代老百姓的大衆解暑妙品。

我自己有特種享受。父親陪我去大光明電影院去看電影，我想吃美女牌紙杯冰淇淋或紫雪糕，父親衹肯買一瓶正廣和汽水給我。我一面看戲，一面用麥管吸，好不容易吸完正好電影散場，我帶了一肚子水回家。

抗戰以後，我已經長大，再也不喝汽水。過去馬路上賣「機器冰」的「小癟三」改賣棒冰，我幾乎天天要吃兩根，棒冰的木棒上有記號的，還可免費要一根。我到電影院去，衹吃冰淇淋和紫雪糕。

上海淪陷後，「美女牌冰淇淋」沒有了，却出品一種「冰燭」，比棒冰貴，比紫雪糕便宜，是用一隻厚紙殼包住一長條含有奶油成分的冰棒，像一支蠟燭，在吃前先用手緊握紙殼，使紙殼裏的冰棒受熱融化，再用手把下面的小棒慢慢推上，上面就慢慢露出冰燭，味道不太好，就是好玩。另一種「雪甜杯」，即紙杯冰淇淋上面蓋一層用紅糖和咖啡粉混成的甜面。我和大學同學王殊常常是一面逛馬路，經過一家冷飲店就買一樣冷飲吃，有一次一共吃了八次，吃得肚子摸上去發冷。

當時西藏路有一家「新大」冷飲店專賣「冰赤」。一盆冰，一杯赤豆湯，代替馬路上的「刨冰」，店面不大，桌子不多，整天客滿。我還常去沙利文，D.D.S 等處，喝冰咖啡和「聖代」。

總之，冷飲很多，我差不多都嘗過，祇是淪陷時期的「雪甜杯」和「冰燭」我特別懷念，可是我問過很多人，他們都不記得了。

北方稱之謂拉洋片。昔年余就讀西成小學，每放學途經蓬萊市場，該處可謂衆攤成市，大西洋鏡頗能誘人。北人攤主所唱之詞難以聽懂，似是往裏看來往裏瞧，你媽媽在裏面洗澡。
己巳年夏

看西洋鏡

在看電影以前，最引誘我的是看西洋鏡，母親每次帶我去城隍廟，除拜佛、小吃外，我總拉着她到九曲橋畔去，那裏有兩三臺「西洋鏡」。據説這玩意兒來自西洋，所以北方人稱爲「拉洋片」，有一個人唱着：「往裏看來，往裏瞧，要看西洋世界真正妙！」他手拉鼓繩和銅鈸，發出聲響，唱一段，換一個景，一角錢正好看十個景。

我給了錢，從一個小孔裏看進去，真是好看，看了一臺，再看另一臺，母親好奇，有什麼好看？她也朝小孔裏看一眼，正好看到外國女人洗澡，生氣地拉了我就走，從此不許我看西洋鏡。

这种只有一個流浪艺人表演与乞討相结合的街头演出
内容多为老虎吃人人杀老虎，兒時凡逢此机会从未錯过
己巳年五月梅雨

這種只有一個流浪藝人表演與乞討相結合的街頭演出，内容多爲老虎吃人人殺老虎，兒時凡逢此機會從未錯過。

己巳年五月梅雨

看木頭人戲

我愛看戲，可不能天天上戲院，但在街頭巷尾，倒能讓我過癮，最吸引我的是「木頭人戲」（老戴稱之爲「布袋傀儡戲」）。我先聽到一陣祇有鼓聲和銅鈸的鬧頭場。立刻趕過去，祇見下面是四方形的藍布罩，上面是一個簡陋小舞臺，居然也有「入相」、「出將」的幕布。等小觀衆（多是孩童）來得差不多了，布罩裏發出一聲尖叫，在小舞臺忽然出現一隻布老虎和一個布將軍，在鑼鼓聲和有人又唱又叫聲中，老虎和將軍你追我出逃，一打一叫，最後老虎被打死，戲就停止。然後從藍布罩裏伸出一個人頭，向你討錢，孩童看客總笑着逃走。我也逃，母親不許我看「白戲」，一定要我回去扔一個銅板，算是買票。

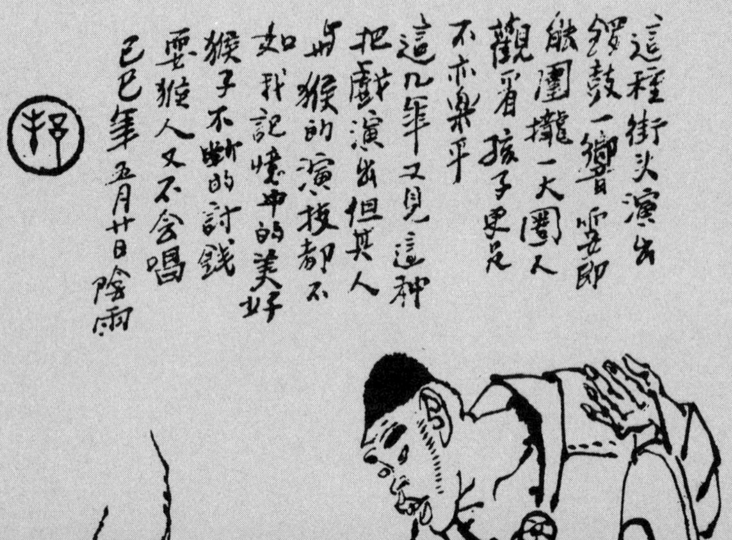

這種街頭演出，鑼鼓一響霎即能圍攏一大圈人觀看，孩子更是不亦樂乎。
這幾年又見這種把戲演出，但其人與猴的演技都不如我記憶中的美好。猴子不斷的討錢，耍猴人又不會唱。
己巳年五月廿日陰雨

活猻出把戲

「木頭人戲」太單調，不好看。有一種「活猻出把戲」真很有趣，没有舞臺，也不圍攔，而是在空場裏用粉筆劃一個大圈，算是演出場子。一個山東男子，牽着一隻猴子，一面唱着我聽不懂的曲調，一面命令猴子從箱子裏取出面具，套在頭上。山東男子敲着鑼，猴子在空場裏兜一圈，然後伸出爪子向人要錢。大家把錢扔在地上，太少了，猴子不肯再演。山東男子罵猴子，實在是罵觀衆，於是大家再扔錢，猴子從箱子裏取出另一個面具，跳着再兜圈子。觀衆來來去去，走了幾個，又來幾個。猴子老是出把戲，直到巡捕來趕，纔散場。

這比木頭人戲好看，可是母親知道了，說活猴身上有跳蚤，不衛生，不許我去看，我不肯，母親纔答應陪我到大世界去看滑稽戲。

可以吃的玩具

孩童愛吃糖。母親總買巧克力、咖啡糖、牛奶糖給我吃。姨媽喜歡吃粽子糖，給我吃一顆。巧克力好吃，可含在嘴裏，幾秒鐘就溶化，粽子糖雖經吃，老含在嘴裏討厭，我吃剩半粒就吐掉。

鴻福里常常傳來鏜鑼聲，我知道做糖人來到。衹見一個中年男子，肩挑擔子，後面的木桶裏藏着一罐糖漿，前面是一具小橱，抽屜裏分隔紅、緑、黄顔色的糖漿，橱面上竪着稻草巴的架子，插滿他用手捏成的糖葫蘆、糖剪刀、糖槍、糖人和能吹響的糖哨子。

聽到鑼聲，弄堂裏的孩童從屋裏奔出，圍着糖擔，睁着烏黑的雙眼，盯着做糖人的手，看他做糖人，插在稻草巴上的衹是樣品，一個銅板買一樣。他另外有一套出奇的本領：將糖漿放在小銅勺裏，銅勺一側，流出一長條糖漿，他左右盤旋，來去舞動，不一會編成一條龍，織出一隻鳥，或開出一朵花。我高興地給他五枚銅板，把糖龍舉在手裏玩耍，捨不得吃，玩得差不多了，糖絲發硬要斷了，我纔張開口，把龍吃掉。雖不好吃，心裏滿足。

籐圈套不中

某日，我坐車經過長沙路，見人行道上有個套籐圈的攤子，我招呼車夫阿二停下，一角錢買了五隻籐圈。可是我人矮手又短，又爲了急於求成，朝最近的目標用力扔去，一連四個，都没套中。車夫阿二過來，把最後一個拿在手裏，他人高，臂長，上身冲出就占前三尺，慢慢悠悠把籐圈拋成弧形，朝最遠的泥塑觀世音扔去，正好套中。我捧回去獻給信佛的姨媽，姨媽夸我能干聰明。

我中學時代讀物理，纔知道車夫阿二套籐圈的本領是運用拋物綫原理。坐車的我不及拉車的阿二懂科學。

風車吹不動

我愛看別人遊戲，自己什麽都不會。滾鐵環，鐵環倒地；踢毽子，毽子不飛；打菱角，菱角不轉；跳繩，被繩絆倒。後來看到賣風車的，風車自動會轉，我就買下這半自動化的玩具。可是我看不準角度，氣又短，用力吹了十多口氣，風車衹動一動。車夫阿二接過去，他找對了方向，一口接一口吹長氣，風車轉得歡。

我這是少爺買了玩具讓車夫玩，我出錢，別人遊戲。

轉呀轉，總沒轉中

我不會套篠圈，心不死。有一種轉糖擔使我心動，這個挑擔人，也是敲着鏜鑼進弄堂。前面一隻篾竹大籮，籮面是個圓盤，盤中心是轉軸，兩端掛着兩根繩，繩尾有針，圓盤四周擺着泥玩具：兔、鷄、猫和小泥人。一個銅板轉一次，轉到什麼給你什麼，轉空了給你一顆麥芽糖。賣糖是真，轉到玩具算你運氣。

我認爲這比套篠圈容易得多，就拿出十個銅板，轉十次。可是一次也沒轉中，那賣糖人見我可憐，不給我麥芽糖而送我一隻泥鷄，又不能吃，也不好玩，我一賭氣回家。後來車夫阿二告訴我：那轉糖人做手脚，眼看針頭要轉近泥玩具時，就用手在圓盤上一按，使針頭停住，讓你落空。我從此不再上當。

由此我得到教訓：一個人做事，如果失敗，不是運氣不好，也非本事不靈，而是有人暗中使壞作怪，信不信由你。

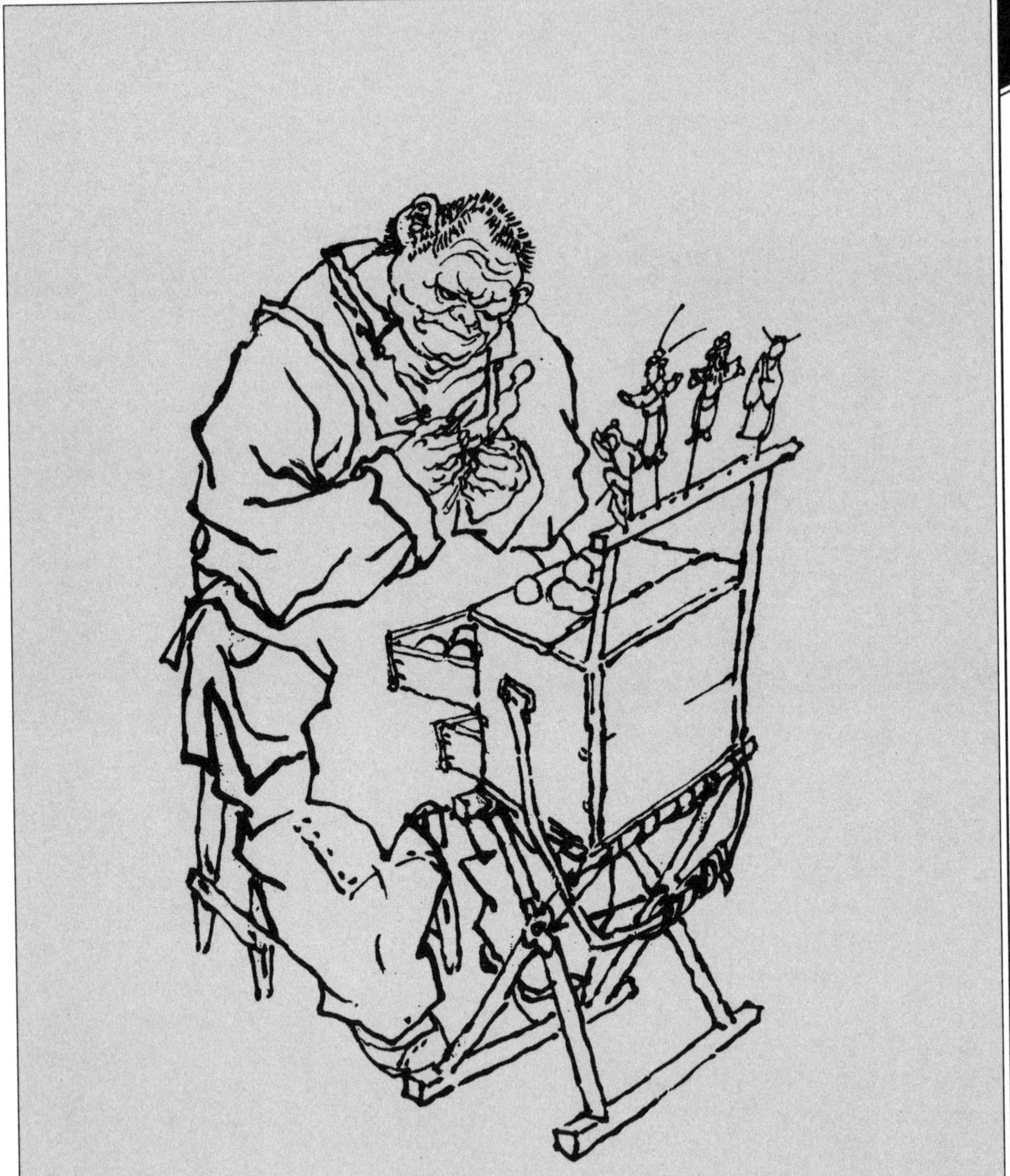

捏面人你在哪裏？

我最佩服的是捏面人。他又不是畫家，也不是雕塑家，可是他能把各種顏色的面粉，在手心裏捻成各種形狀：圓形、條形、橢圓形，粗的細的；兩種顏色混絞在一起的。没有任何樣本和圖形，單憑自己想像或記憶，把這些各種形狀的面團，捏在一起，再用木杆壓扁、嵌縫，又用剪刀剪開，這樣，三下五下，捏出一個孫悟空，一手拿着金箍棒，一手遮眼眺望，活脱脱是京戲裏手舞足蹈的齊天大聖。他還捏出關公、張飛、梁紅玉等等古代人物，我看得入迷出神，情願出多少錢買回來收藏，如獲珍寶。

後來知道捏面是中國民俗藝術之寶，北方出一個泥人張，世界聞名。我讀到泥人張的傳記時，總要想起鴻福里的那位捏面人，他不也是個藝術家嗎？爲什麽淪落街頭？後來他又去哪裏了？也不知道他病重離世時，留給人間的是怨恨還是遺憾？

難忘的理髮師

我小時候最怕剃頭。尤其是冬天，衣服穿得多，衣領一大疊，剪頭髮時，短髮落進衣領，把頭頸刺得癢癢的，又無法取出和手搔。兩天之內，十分難熬。我也怕洗頭，頭被按得壓住胸口，熱水朝頭上澆，害得我氣也透不過來。

母親見我頭髮太長，又不肯去剃頭店，就到隔壁一家剃頭店打招呼，要老板派一個温和的剃頭師傅來，剃一個頭，比在店裏剃加倍付錢。

派來的那個剃頭師傅矮矮胖胖，我們叫他「大塊頭」。大塊頭總掛着笑臉，笑時一對眼睛細成兩條縫。他説話輕聲輕氣，雙手柔軟微熱，冬天時，他總先吐氣把手呼熱纔接觸我的皮膚，短髮不掉進領口，洗頭水不流入耳鼻。我不再害怕剃頭。母親另外給他「小費」。

後來「大塊頭」回鄉了，換了「小黑炭」。「小黑炭」不像「大塊頭」那樣温和，但會講笑話，引得我和母親高興，他自已也笑。有一次不小心，剪刀尖刺痛我頭頸，他立刻用手捂住，對我抱歉，我也不怪他，母親照樣給他小費。

「小黑炭」話多，説「理髮店」裏衹有他和「大塊頭」最干净，手脚靈，正式拜過師傅，學過手藝，有功夫。其他都是馬路上的「掃青碼子」（切口：即馬路剃頭的），很多是癩痢頭，生白斑、疥瘡，也没本領，還常常出事故，凡是有人來要理髮師，老板總是派「大塊頭」和他「小黑炭」。他們也高興到大户人家來上門「剃頭」。

後來，我長大了，不再要理髮師上門剃頭，而是到比較高級的理髮店去。可是每次經過那家理髮店時，總想再看到「大塊頭」和「小黑炭」。有一次，爲了方便，我踏進那家理髮店，想找「大塊頭」或「小黑炭」理髮。店裏老板告訴我：是否由别人來代替？我一想到「小黑炭」説過這些都是「掃青碼子」出身，嚇得我連忙退出。

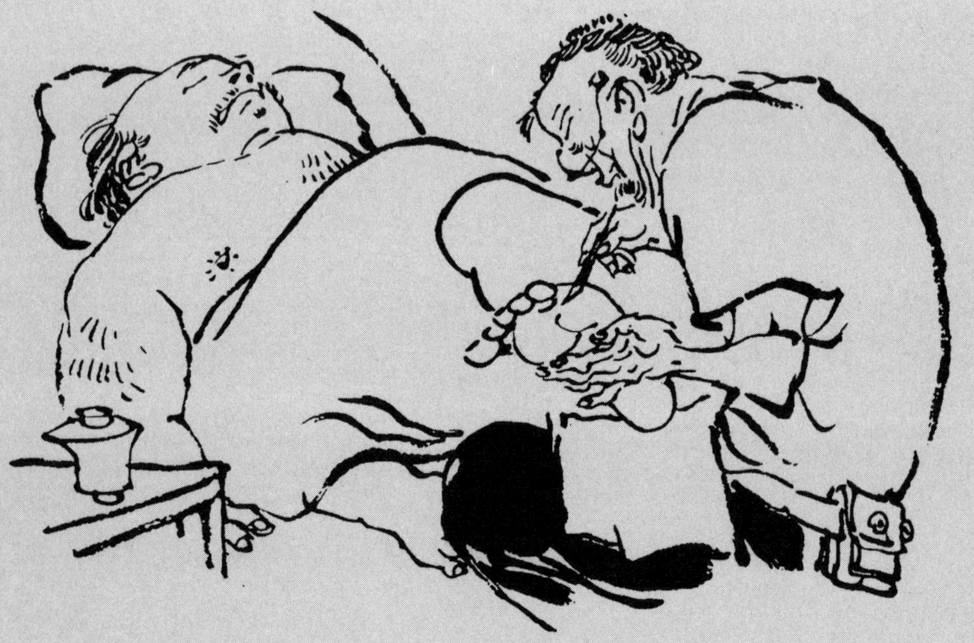

扦脚師傅本領高

和我一起在電影廠當編劇的李洪辛同志，湖北人，大手大脚，偏偏脚底生鷄眼，平時每月一次找到路攤，坐在舊籐椅上，讓治療「鷄眼」的醫士用刀挖去，可以「太平」兩個月，走路如飛。「文革」中到干校勞動，事先未將隱患「鷄眼」挖掉，輪到他到河邊挑水，一步一翹，苦不堪言，又不能請假離開干校治病，衹得熬痛勞動，幾天下來，實在不能步行。有一位化粧師居然也會挖鷄眼，知道後立即動手，衹是刀太鋒利，手術又不過關，鷄眼雖然挖掉一半，已滿脚都是鮮血，更是痛苦，老李卻咬牙不哼一聲。後來到浴室去，請扦脚師傅扦脚，既舒服又挖去殘餘鷄眼，回干校後，挑糞擔、推水車，快步如飛。

磨刀師傅

上海老弄堂，每隔一兩個月，總出現磨刀匠，一路走，一路喊：「削刀，磨剪刀！」於是弄堂前後兩排房屋的門打開，主婦或傭人從厨房裏拿出薄刀和剪刀，交給那個磨刀匠。

我看見的磨刀匠，大約三十多歲，穿短衣、長褲，腰上圍一塊布裙，頸上掛一塊灰污的毛巾，肩上挑一把長凳，凳上有一塊磨刀石，還掛一隻水桶。聽到有人呼喊，就停下來，把薄刀和剪刀看了又看，談好價錢，坐在長凳上。手伸進水桶，「撈」一手水潑在磨刀石上，然後雙手將刀在磨石上一來一回推動，水變成灰色，刀口漸漸發亮，最後他用手指在刀口試一下，終於完工。

我很少聽到那磨刀匠説話，祇聽到刀在磨石上嗖嗖發響。他要價也祇伸出手指根數。主顧給錢，他在圍布上擦干手，接了過去。人們從他的呼喊聲裏辨别出是句容人。

常説：「句容出三把刀：剪刀、薄刀、剃頭刀」。那磨刀的也一定是句容人不可。

二十年代末、三十年代初，馬路上出現外國人磨刀。原來是俄羅斯沙皇後裔和貴族，在十月革命後出逃，經我國東北到上海，人們稱他們爲「白俄」，他們中有的保持富貴生活，有的開店，也有流落，爲了謀生，祇得上街磨刀。他們身穿破舊西裝，頭戴鴨舌帽，也肩挑木凳，但與中國人磨刀不同，是手摇砂輪，把刀鋒磨亮，倒是機械化。上海人却認爲砂輪磨刀，力量太大，易損壞刀口，不太相信。白俄祇能到外國人住的地方以及西菜館去兜生意。

剪鞋花樣師傅

買綉花鞋到晝錦里小花園，式樣好，價錢也貴，不是人人買得起。於是小户人家的姑娘衹有自己做。鞋面託人剪裁，鞋面上的花樣必須親自動手，姑娘們由阿姨或嫂嫂或鄰婦伴着到馬路冷角落裏去尋找剪鞋花樣的師傅。

鞋花樣師傅每天上午到下午，將剪出來的各種花樣：有牡丹、有喜鵲、有蝴蝶雙飛，也有喜、福等字樣的白色剪紙，貼在紅、綠色彩的紙鞋面上，用繩子掛成兩排。他自己還戴一副老光眼鏡，一手拿小剪刀，小心而又熟練地將一張白紙剪成一幅幅花樣，在人們面前當場表演。總也有些姑娘圍在他身旁，觀看他的動作，以欽羨好奇的神色，想知道這位師傅怎麽不打底稿就能剪出美妙的花樣，看也看不懂，學也學不會，衹能從口袋裏掏出錢來，買自己選中的花樣，回去小心翼翼地用漿糊貼在鞋面上，等干，然後將配好的紅綠、深淺的絲綫，一針一針地在紙花樣上刺綉成花、鳥和雙飛的蝴蝶，變成一雙與小花園買來相差無幾的綉花鞋。因爲是親自刺綉，蘊藏着自己的心靈和感情，穿在脚上，格外感到親切和温暖，於是，再去買回來更多的花樣。剪鞋花樣師傅，一生中爲多少姑娘送上美妙的花樣，爲她們的人生增添美麗和幸福。

賣洗帚的人像洗帚

一個瘦長個子的男子，肩上扛着稻草紮成的草靶，前面掛滿短洗帚，後面掛着長洗帚，也不呼喝，悄悄地出現在弄堂裏。

「洗帚」作啥用？顧名思義是洗刷用品，短洗帚洗鍋子，長柄洗帚洗刷馬桶。我看到娘姨阿堂倒馬桶時，出空糞後，放進清水，再將蚶子殼倒入，然後手握洗帚在馬桶裏旋搗，搗干凈留在馬桶裏的糞渣。賣洗帚的人不像别的小販那樣引人注意，生意也不好，可是他販賣的長短洗帚却是家家不能少，天天派用場的日常用品。

雜貨攤揀便宜貨

老上海南京路有四大百貨公司，銷售中洋百貨物品，價錢高，貨色不全。於是就有人在天妃宮一帶攤出雜貨攤。後來閘北虬江路等地也都有雜貨市場。雜貨攤與舊貨攤不同，他們不賣舊貨，而是賣百貨公司所缺或檔子較低的貨物：如暖鍋、洋火爐、時鳴鐘、茶壺、眼鏡、斧頭、西瓜皮帽、草帽、假畫以及酒瓶、碗、盆和杯子，都是生活用品，是家用雜物。雖不是舊貨，但上了攤子，價鈿就比新貨要低。也有不少顧客常來光顧。揀一兩樣稱心的東西回去，但也要仔細觀看，有的是次貨或有看不清楚的破損，則貪便宜反而要吃虧。

本號直接西洋進口
男性文明之良藥
增進房幃之幸福
書寓
西施
GOOD

假藥害人

「醫生治病，藥物救命」，這是社會上濟世公益的行業。可是偏偏有人喪盡天良，製造假藥，騙人錢財，害人性命。這些不肖之徒，有的在街巷路邊擺攤，也有竟然開店設鋪，大做虛假廣告，誘騙病家。

江湖上稱這些賣假藥的爲「皮行」。「皮行」中也分多種：「根根子」專賣參、三七等假草藥，「招漢」賣假眼藥，「狼包」賣殺蛔蟲藥，「軟帳」賣治療花柳病藥丸（即春藥），「賣甜頭」是止咳化痰，「淒涼子」賣假龍骨等等假藥。

這些行醫賣藥者，都有秘方（即自製假藥），不惜用藥性極强的藥物，不計日後危害性，毫無醫德的「皮行」，江湖上稱爲「九丁十三參」。他們治療胃呆、食積，使用嘔瀉法，醫疥瘡濫用硫黄，燃火滴入豆腐中冷却，碾細敷之。醫治瘧疾則用紅信，治水膨腹脹用芝花，大便不通使用巴豆，等等，結果延誤病情，重則喪命。

也有專治脚病的「挖皮」。在墻上掛着「點張子」（就是在布片上，畫上各種脚病的圖樣）向羣衆宣傳，能治各種脚病，脚疣、鷄眼、脚氣等等藥到病除。他們還能當場治療，用手術刀修挖鷄眼厚皮，或用藥膏敷療脚氣疣瘤。他們收價低廉，也確能使患者減輕痛苦。

舊貨攤多賊偷貨

我講了舊貨店，還要説一説舊貨攤。店和攤不同的是：店有招牌和老板，有名有姓。每月付房錢，巡捕房交房捐，開發票貼印花税。「攤」是占地一角，説來就來，找不到主，尋不着根。店和攤不同的主要一點是貨品的檔次。店裏的舊貨有瓷、銅、紅木、古器等，貨真價不低。攤上擺的是斧頭、夜壺、無綫電殼子、油燈等等雜物，價廉物不美。另外更重要的是：店裏進貨，有根有據。攤販收貨，有的是三錢不作兩，大殺價，有的就是賊偷貨。小偷們順手牽羊或三隻手撈來的東西，到舊貨攤來「銷贜」，如果你一時貪便宜買了來，説不定會找來説不清楚的麻煩。

薦頭店的故事

上海灘曾經有過一種特別行業，名爲「薦頭店」。店内長凳上坐滿婦女，少女，有的來自農村，有的是城

市貧民。她們先向店老板付一筆押金，每天還要付「落脚錢」纔有座位，等主顧上門，挑選她們去當娘姨、丫頭和奶媽。被選中後，店主向雇主要一筆「薦頭費」，還要那些女人付半個月工錢。如果等了三個月没人要，店主要她滚蛋，還吞没押金。

三十年代電影明星阮玲玉，父親死後，母親走投無路，就帶着七歲的阮玲玉坐「薦頭店」，不久被油漆大王張家挑選去當娘姨。本來是要大不要小，母親苦苦哀求，張家太太看在同鄉人面上，答應將阮玲玉留下當丫頭，從此阮玲玉開始她坎坷的命運。

我大嫂的父親是大建築商人，家道富裕，妻子生養四個女兒，獨缺兒子，想到無兒爲大，日夜煩悶。他妻子怕他娶妾，就提出去領養一個男孩，後繼有人，也不會鬧家庭糾紛。主意已定，就悄悄地託人：願意出高價領養一個剛出生的男兒。當然有熱心的親戚四處尋找，終於找到一户人家，女的已生兩兒，又生一男，奈何家道貧苦，撫養不起，就同意將嬰兒換一筆銀錢。大嫂的父母見那嬰兒面目清秀，十分滿意，於是在雙方大人都不見面的約定下，要賣方立下字據，從此不許認親。「證人」拍胸擔保，得到一筆「喜封」。

剛出生的嬰孩，没有奶吃，整天啼哭。老夫妻立即到薦頭店去找奶媽，找了幾家都不稱心，有的長得不好看，有的家有嬰孩，有的奶水不足。找到第五家，有一個剛生嬰孩幾天就死掉的婦女，奶水多得直流，她寧願少要錢，也巴望找到雇主，一切都合老夫婦要求，就用回去當奶媽。

一年過去，嬰孩吃了奶媽的奶，又胖又白，既好看又好玩。老夫婦對奶媽特別優待，每天吃好吃足，還給她加倍工資，逢時逢節，賞錢不少，領養的孩子一周歲時，全身錦綢還買了金鎖片、金響鈴和玉器等等，掛在身上。奶媽抱着孩子向賓客拜禮，賓客給孩子見面錢，還給奶媽賞錢。正當合家歡樂之際，突然發現奶媽和嬰兒失踪。有人懷疑被綁票，有人擔心出車禍，於是四出尋找，毫無音訊。

老夫婦得兒失兒，無比傷心，他們心裏始終是個謎。後來纔知道，那個奶媽就是嬰兒的親生母親，她將嬰兒送給人領養，拿到一筆錢，又到這家去當奶媽，騙到一些錢，把兒子又抱回。可憐的是我大嫂的父母，人財兩空。

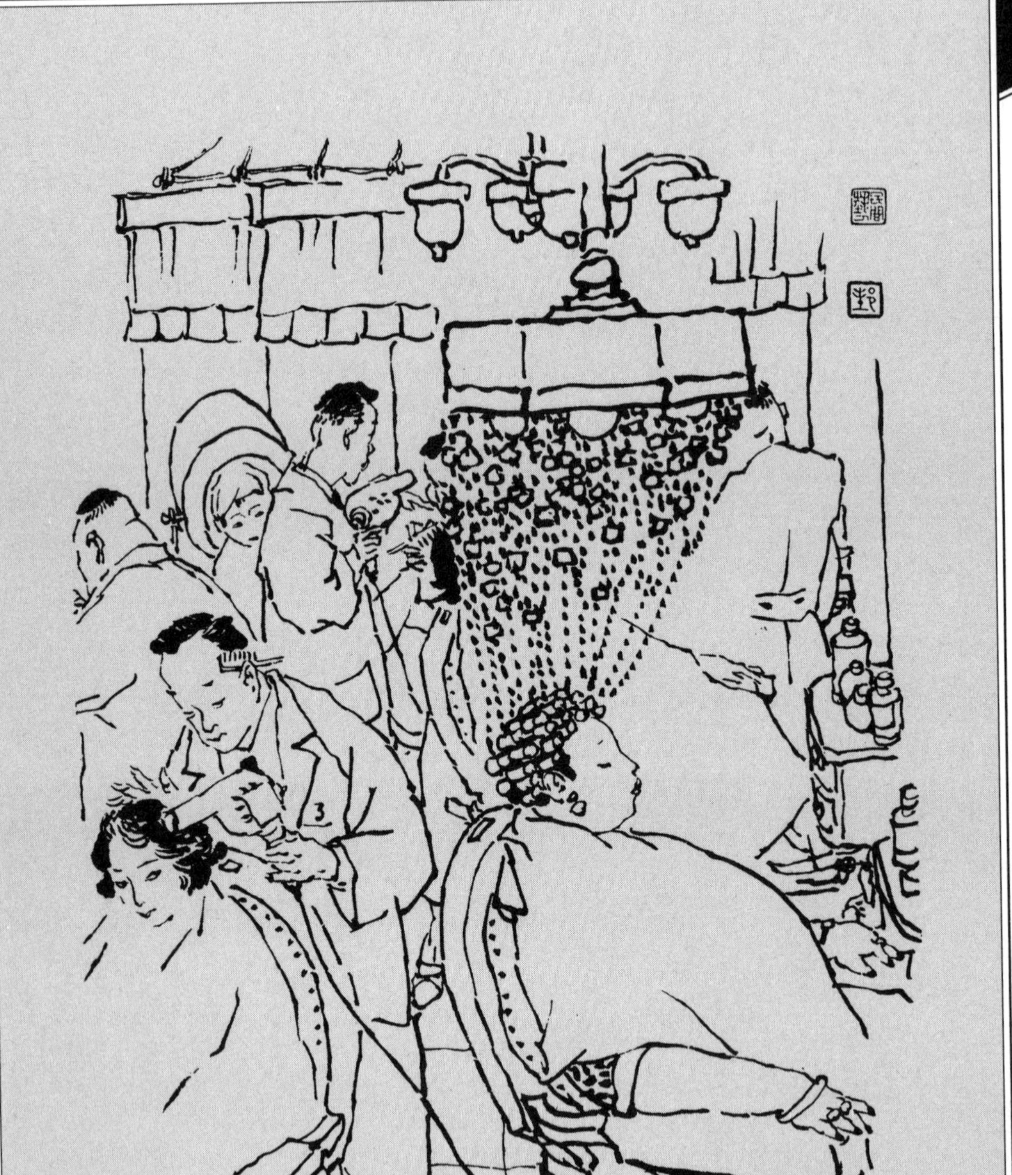

理髮店裏女客燙髮

老上海人口多，來自四面八方。既有保持民俗習氣，更多的接受西方文化。最突出的表現是女性的服飾和髮式。婦女不再留髮髻，少女也將辮子剪掉，改梳短髮，雖整潔却不雅觀。隨着時代前進和西方時尚的衝擊，開始燙髮。原來衹爲男性剃頭、剪髮和修面的理髮店，也掛出「女客燙髮」的招貼，迎接先是三三兩兩，後來成羣結隊的女士小姐。

上海最有名的理髮店是「白玫瑰」、「南京」、「大光明」，有的還雇用白俄女理髮師，設備雖好，價錢太貴。海上名媛、貴夫人、闊太太、電影明星、紅舞女是常客，一般婦女負擔不起，衹有去到紛紛開辦的中等理髮店。原來衹會剃男人頭的理髮師，也穿上潔白的白布大褂，自己的頭髮梳理得整齊油光，掛着一臉諂笑，迎接女賓。

二十年代，女子燙髮是「火燙」。理髮師在燒着火油的鐵架上放着兩把燙髮夾，輪流地將女客的頭髮夾住朝裏外翻卷，使垂直的頭髮燙成波浪形，美觀而大方，成爲當時的時尚髮型，受到女性的喜愛和歡迎。

到了三十年代，從西方傳入「電燙」。髮型大翻花樣，理髮店裏掛着各種髮型的照片，隨客挑選。理髮師先洗女客的頭髮，烘干，再用幾十隻小夾子將頭髮夾住，然後與電燙器的電綫接通，打開電鈕，開始電燙。到規定時間，將夾子一一去除，女客頭上就出現各種髮型的卷髮：有獅子頭型，有高高聳起的寶塔型，也有前髮冲出的飛機型等等，有的經電燙後果然美觀得多，有的反而使人看了別扭。這別怪理髮師，衹能怪她們自己：「東施效顰，自作多情」。

宰

殺牛公司

上海有一個人人知道却很少人去過的場所，就是「殺牛公司」。早在二十年代，因爲上海人不再受佛教不許殺牛、羊、猪三牲的影響，加上洋人大吃牛排、猪排，開西菜館，吃大菜的風氣日盛，許多崇洋的上海人，也開始吃牛排和北方傳來的涮羊肉，每天要供應大量牛、羊、猪肉，也就是每天要活殺很多牛、羊、猪。個體的屠户不能接受這重大的任務，於是公共租界工部局就在沙涇路建立了一個宰牲場，佔地十餘畝，還從香港運來設備，將大小牛、猪、羊等牲口分别飼養，數天或十天之後，用機械宰殺，送入冷庫，每天冷藏各種肉類近三十五萬公斤，成爲供應上海市民最大的肉庫。夏天小癟三賣的「機器冰」就是殺牛公司冷庫裏的冰塊。

上海人口越來越多，肉類需要量越來越大，尤其是牛肉，既供應各大菜館和千萬家庭食用，還要給食品公司作爲罐頭產品，單靠沙涇路第一宰牲場不够付用，就另在南陽橋再設一個宰牲場，以宰牛爲主，所以稱爲「殺牛公司」。規模也很大，也備有專門殺牛的設施，日產量可以供應全市菜館、家庭和食品廠。

當時，上海人都把「殺牛公司」作爲這一個路段的標志，代替路名，乘坐十八路無軌電車到南陽路站，賣票的就喊：「殺牛公司到了，大家可以走了。」把乘客戲謔地比作「牛」，可是乘客也一笑了之，笑着下車。

有人説，「殺牛公司」宰殺牛，從一條走道將牛趕進宰場時，牛知道自己將被殺死，傷心地嚎叫，從牛眼裏流出牛淚。因此，很多人都不再吃牛肉，説是「罪過」。

我嘴饞，不管是否「罪過」，照常吃牛肉。直到上世紀那場「文革」，我和很多人都變成了「牛鬼」。雖未被宰，也受盡凌辱和折磨。此後，可能我年老牙摇，嚼不動；又味覺减退，食無味，每逢吃牛肉，總會想起自己當「牛」時的苦難情境，也就相信「殺牛公司」的牛羣，它們爲人民勞碌一生最後竟然被宰，真是要號哭落淚了。

江北蛋行
蛋
江北蛋行

自來水橋多蛋行

老上海下層社會的百姓，吃不起補品和山珍海味，就吃最省錢也能補身體的食品：鷄蛋。鷄是從鷄蛋裏孵出來的，是鷄的母體，豈有不補的道理？而且鷄蛋可以做成各種菜肴：白煮蛋、茶葉蛋、醬油蛋、炒蛋、荷包蛋、蛋花湯和炖蛋。連吃素的老媽媽也説葷食有血，而蛋裏没血可以吃。因此鷄蛋的生意特别好。鴨蛋也不錯，可以和鷄蛋一樣燒菜吃，還可以做成咸鴨蛋。到八月中秋，把咸蛋黄塞進月餅裏，名稱蛋黄月餅，買巧價錙。

蛋銷路好，每天供應量也大，必須有一個規模大的蛋市場，市場裏有幾家蛋行，他們每天到各地去收購；每隻蛋對着太陽光照了又照，是否新鮮；還要保證運貨時不能碰碎，碎殼蛋没人要，日子一多蛋要壞掉。你吃一隻小小的鷄蛋，要費多少人力，知道不知道？

叫「拎出來」的糞車夫

每天清早五點半，冬天天未明，夏天出日頭，從弄堂口響起一聲呼叫：「啾——拎出來！」同時，一個身强力壯的男子漢，推着一輛木製糞車，從弄口一直朝弄堂裏慢慢地進來。隨着那一聲聲呼叫，店鋪的後門和石庫門的前門，一起打開，就有人從屋裏拎出來一隻隻馬桶。我家娘姨阿堂氣吼吼地奔上跑下，一共要拎七隻馬桶，剛好糞車經過。倒馬桶的將糞便倒入糞車裏，整條弄堂充滿臭氣。阿堂將水和蚶子殼一起倒進馬桶裏，再用竹帚一陣亂搗，弄堂裏響起一片洗刷馬桶的響聲。

倒馬桶的裝滿了糞便，將糞車推到曹家渡蘇州河邊的糞碼頭（法租界的糞碼頭在徐家匯路打浦橋）。他們每倒一隻馬桶，每月向住户收費兩角。糞車是向糞把頭租來，每月二十元到三十元不等。糞把頭將車糞加一車水，一變爲二，賣給糞船農夫作肥料，每車收一元。

凡是糞把頭都有靠山。法租界的糞把頭名叫馬鴻根，是法巡捕房總探長黄金榮姘婦阿桂姐的前夫。阿桂姐將他遺棄後，爲了報答，要黄金榮把他從蘇州提拔到上海來當糞把頭。馬鴻根擁有四萬輛糞車，每月向糞船要八千元，付給糞車工每人八元，另給法捕房及衛生處六千元，每月净賺一萬多元。

公共租界的糞把頭是王永康，也是青幫小頭目。公共租界比法租界地盤大，馬桶也多。王永康每月的進賬當然超過馬鴻根，馬鴻根不服，派人打進王永康的地界，在法租界與公共租界交界處搶生意。結果兩幫流氓格鬥，還是黄金榮出面交開。

有一次，倒糞車的辛辛苦苦，吸盡臭氣，所得有限，要糞把頭每月多付一元工錢。把頭不肯，糞車夫祇得「罷倒」，整條弄堂排滿馬桶，等糞車不來，大家祇得倒進陰溝，糞水外溢，三天三夜臭氣不散。

野鷄包車

上海開埠後，租界裏的洋人騎馬、坐馬車。有錢的華人坐轎，普通百姓步行，小脚女眷坐獨輪車。一八七

四年，法國人米拉從日本輸入三百輛手拉的兩輪人力車。車夫是日本人，脚穿木屐，走不快，言語不通，路不熟，不到一年，没有生意，米拉虧本逃走，日本車夫將車子賣掉回國。自有人接辦，開車行。招來一羣苦力，當車夫。車身漆成黃色，俗稱「黃包車」。

車行老板中最有名的是顧竹軒，排行第四，又因他鼻子大，綽號「顧鼻子」，他是蘇北鹽城人。民國初年，到上海謀生，先到一家有錢人家拉包車，包吃、包住、包工錢，可是他不知足，空閑時自己在半路上接客，俗稱拉「野鷄包車」。（上海人稱「野鷄」，一是指私娼，即野妓，二是指不正規、野路子。）被主人停歇，他祇得向車行租車，拉黃包車過日子。六、七年後，他積了錢，自辦車行。買了幾輛車子，租給車夫，自己坐收租金，「行話」稱「放黃包車」。後來他拜老頭子，入青幫，與文武官員接交，都送一輛嶄新的包車。再後來他廣收門徒、擴張勢力，自己又擔任保衛團團總，還辦戲館。名氣越來越響，事業越來越亨通，這個拉黃包車出身的顧竹軒，後來成爲與「三大亨」並肩的「江北大亨」。

車行老板發財，車夫吃苦，原先的黃包車，兩隻木輪，外裹鐵圈，拉起來又重又吃力，還要損壞馬路。租界當局要車輪換成鋼絲膠皮輪，車行老板要車夫自己出錢，一時拿不出，在「租錢」裏扣。工部局規定黃包車要捐照會，照會費也要車夫出。最倒霉的是爲了兜生意，在馬路邊稍停一會，就有巡捕上來「撬照會」，必須再捐一張。也有碰到不講理的客人，坐了車不付車錢。逢到下雨，路滑難走。一不小心，滑交，肉傷骨折，輕則睡床半月不能拉車，重則終生殘廢。

我父親是棉花商人，自己從泥城橋堍英商日通公司買一輛鋼絲膠皮輪三彎式車，車身黑漆，車輪鋼絲湛亮，玻璃雙燈，彈簧坐墊。黑漆布車篷，雨天掛上雨布大簾，擋風擋雨。車夫阿二，身高腿長，步子大，跑得快，坐在車上輕松舒服。父親對忠厚老實的阿二特別好，每月加倍薪水，還給他一雙跑鞋。可是有一條嚴格規定：不許拉「野鷄包車」。

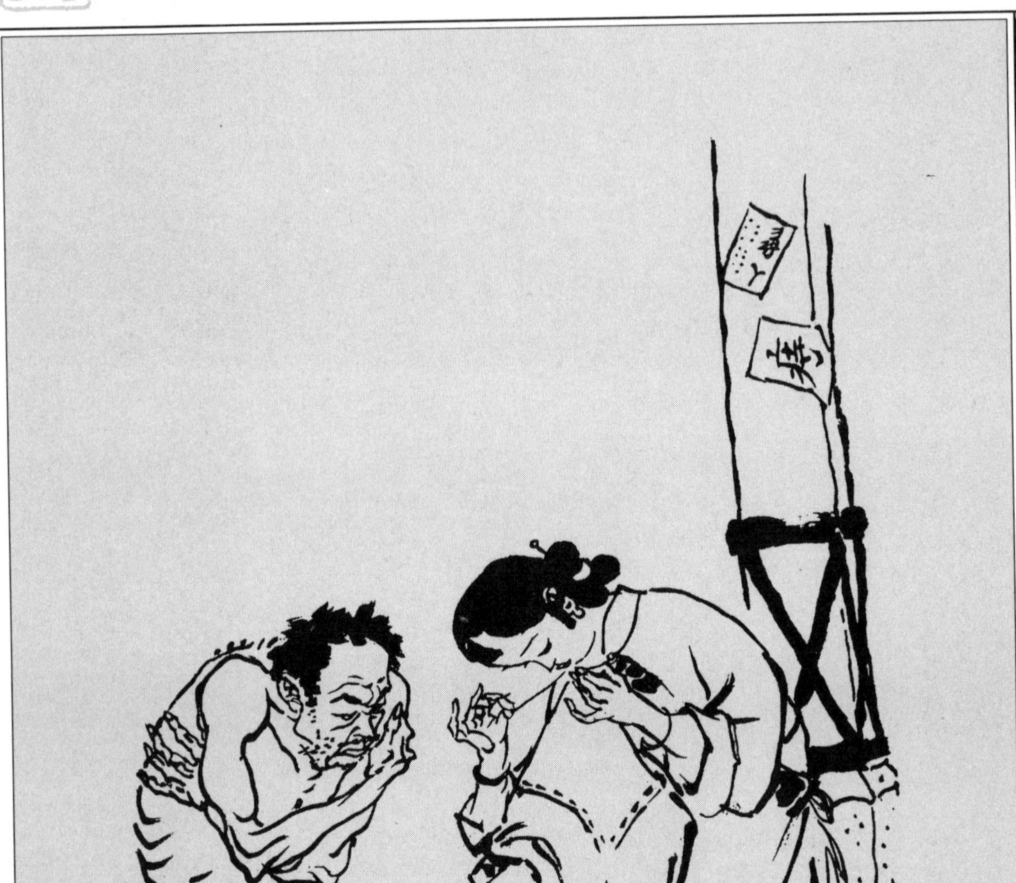

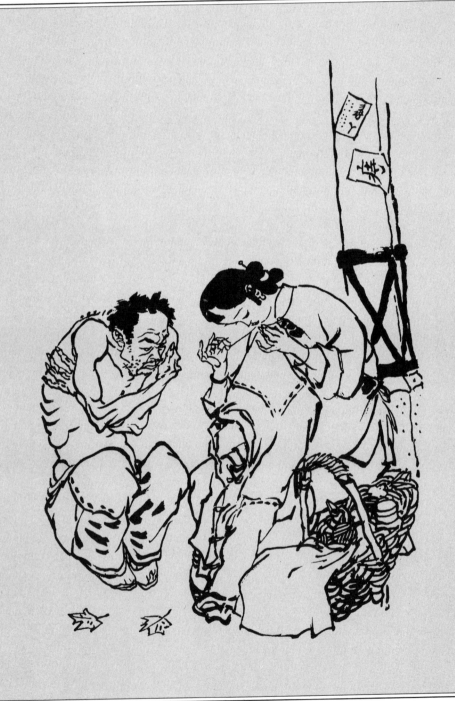

縫縫補補的縫窮婆

常言道：「一年新，三年舊，五年不到打補丁。」這是衣裳從新到舊的規律。又有一句俗語：「小洞不補，大洞吃苦。」有錢人穿衣服，舊了換新，平民百姓，穿的是布衣，干的是力氣活，衣服容易破；破了，壞了又捨不得扔掉，衹得送到織補店去修補。店員、工人、車夫、小販等，很多是單身，又爲了貪快貪便宜，就到馬路旁和弄堂裏去找「縫窮婆」。我先以爲是「縫裙婆」，男人不穿裙子，怎麽縫裙？後來知道是專替窮人縫補的婦人，所以叫「縫窮婆」。

「縫窮婆」從年輕婦女到老婦女都有。她們是專門替窮人縫補破衣的婆娘，每天從早到晚，手執籐籃，沿街叫喊。除了補衣褲外，也補襪子。一天難得有幾筆生意，賺來的錢還不够買幾個大餅，還常常空手回家，連自己的鞋子也走出破洞。

有一段「竹枝詞」：「窮人衣裳舊又破，小洞不補大洞苦。勸君勿必心發愁，上街去找縫窮婆。一枝銀針綫幾根，破洞補得一無痕。縫窮婆把破來補，可嘆窮人日子仍難過。」

衣服破了，請縫窮婆暫時補縫，可是舊衣畢竟是舊衣，過了不久，另外一個地方又破了，衹得再補，永遠補不了「窮」。縫窮婆做一天生意還不够吃，仍過窮日子。所以有一句俗語：「縫窮縫窮，越補越窮」，説明窮人的命運。

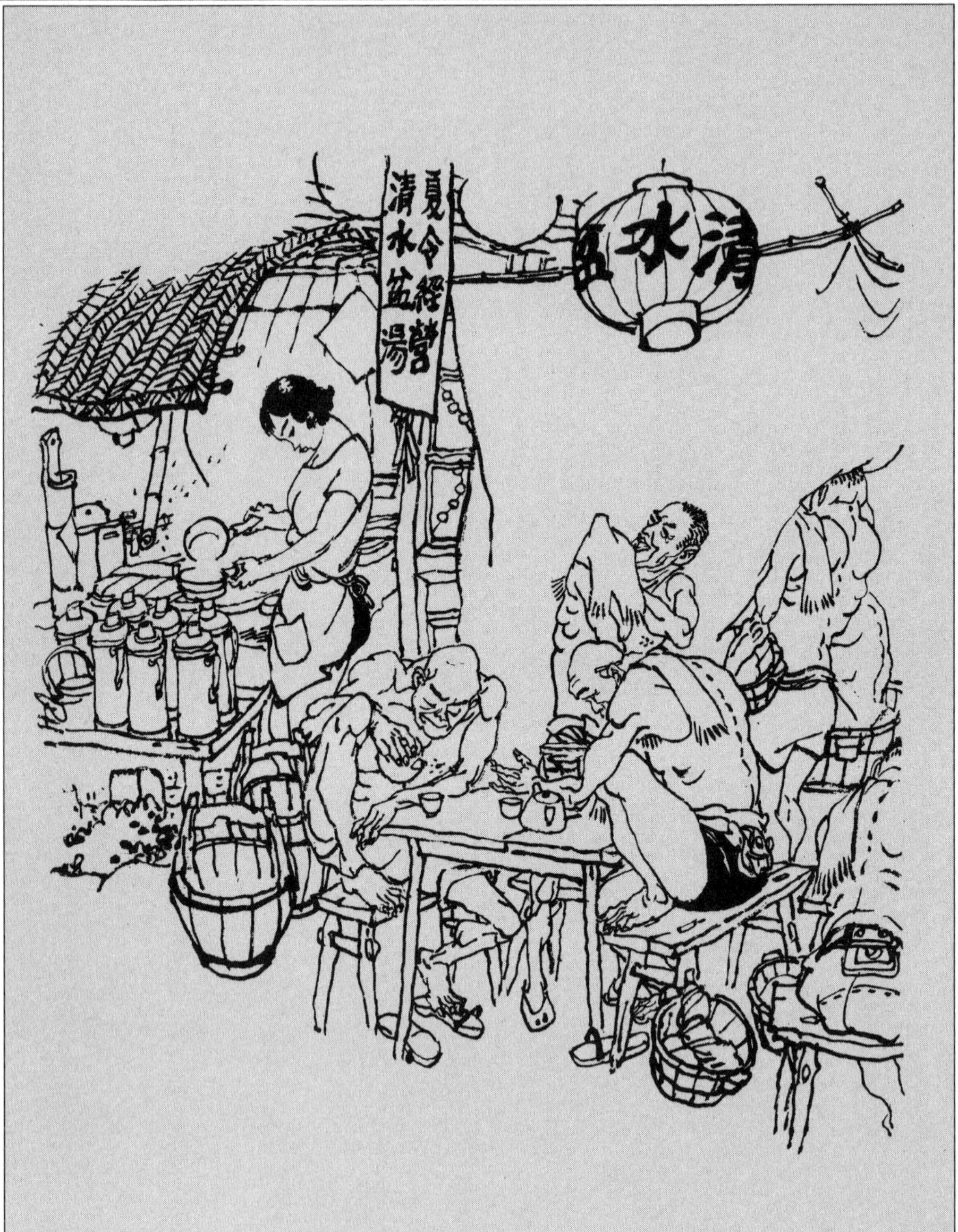
夏令經營
清水盆湯
清水盆

老虎竈洇浴

記得新閘路鴻福里第一條弄堂的弄口有一家「老虎竈」。名稱聽起來嚇人，實際祇是上海和蘇錫一帶地區對「熟水店」的稱呼。「老虎竈」都是夫妻經營的單開間小店，設備簡單，僅一隻燒水竈，竈的形狀如下蹲的老虎，而烟囪似向上翹起的老虎尾巴，故稱之爲「老虎竈」。也有一個民間傳說：有一個姓傅的燒火和尚與一個村女發生私情，引起衆憤，祇得私奔出去，開設這種「熟水店」，所以稱爲「老傅竈」，後訛讀爲「老虎竈」。除燒水竈外，還要有若干蓄水的大桶。老板夫妻要一早起身，將水桶裏的水倒進鍋裏，倒滿，然而在竈洞裏塞進木柴，燒火。一鍋水總要燒一刻鐘，看到鍋蓋縫裏出熱氣，鍋桶裏發出吱吱響聲，纔開始營業。這時門口已等了不少顧客，這些都是馬路店鋪的店員和弄堂裏要去上班、做工的單身住客，有的提着水壺，有的拎着兩、三隻熱水瓶，放在擱板上，老板娘打開龍頭，讓滾燙的熱水冲進水壺和水瓶裏，一個銅板一瓶，二個銅板一壺。一個接一個，不讓龍頭空開，浪費熱水。

有的老虎竈門口還有一張小桌，供上不起茶館的脚夫、車夫、攤販等喝茶休息。人多時，倒是一筆很好的收入。到了熱天，車夫、工人等渾身大汗，下班後要洗澡，老虎竈就用一塊布一攔，布後兩隻木盆，兩個人合洗一個澡，價鈿比浴室便宜得多。

我雖然常常經過老虎竈，可從來不去買開水，更不會去喝茶。可是在「文革」時，我在大木橋電影場勞動，汗水淋灕，穿不上衣衫，不能赤膊乘車回家，於是我們三個「牛鬼」，一起到大木橋馬路口一家老虎竈去洗澡。洗了一個老虎浴，終身難忘。

古董字畫不當
神袍戲衣不
古

窮人越當越窮

俗語稱：「富人穿新衣，窮人進當鋪」。人們稱當鋪爲「娘家」。上海人説「洋涇浜」英語：Panshop。

當鋪始於南北朝梁武帝時代，當時正是兵荒馬亂，不斷發生天災人禍，當政者爲安撫民心，特撥鉅款救濟，准許百姓拿物品來抵押現錢。這就是典當業最初的雛形。

到了清同治年間，徽州人辦起「公濟典」，其聲勢很大，遍及四處，上海是大都市，窮人也多，他們就在上海開辦大當鋪。也有潮州人開「押當」店。上海人稱爲「押頭店」。

當鋪的營業範圍廣泛，金銀首飾、衣服、銅鍋器皿、照相機、自行車等一切凡是能值上幾個錢的，都可以進當鋪。典當者把物品送進當鋪，即可換取一張印有藍字的白毛邊紙「當票」，作爲典當憑據。當票上加蓋的圖章附有説明：一元以上三分，三元以上二分半，四元以上二分，十二個月爲滿，到期寬限五天，逾期不贖，聽憑變賣。蟲蛀霉爛，聽天由命。失票不管，概不掛失，認票不認人。除此之外，當鋪還有名目繁多的收費項目。例如：「掛失」，當票遺失，報失需交納十分之二的「失票錢」。「提看」，拿別人的當票，查看當物要付「提看費」。「補票」，當票破損需交「補票費」。「另放」，大件當物占地需付「另放費」。總之，窮人需要錢，將衣物送進當鋪，贖還時要付利錢，還有很多附加費，當初窮人將衣物換少量的錢，結果要付出加倍的錢贖還：有的因贖不起，干脆放棄，所當的衣物被當鋪吞没，另出高價出賣，利上加利。

當鋪都有高圍墻，進門有一塊大木牌，上寫「當」字，據説是爲了窮人進當鋪怕被熟人看到而遮羞。櫃檯特别高，窮人要踮起脚，纔能把衣物送上。櫃檯後「看貨壓價」的朝奉先生，對估價和寫當票有專長，處處使窮人吃虧。真是窮人越當越窮，當鋪越來越富。請看老戴的畫把「朝奉」畫成狼臉，令人怨忿。

上海人愛裝闊，請客送禮，有時一不小心，付賬時，鈔票裏夾一張當票，令人啼笑皆非。

秈米白飯
紅燒肉
申
1231

馬路飯攤

老上海雖然有不少大小飯店菜館，可是出賣勞力的進賬少，哪裏吃得起？於是爲了供應「苦力」們的一日三餐，就有人在馬路上擺出小飯攤，讓窮漢們吃飽。

飯攤雖小，吃客不少，來了一批又一批，坐一批立一批，都是熟人，不用客氣，誰急誰先吃。

飯攤老板會做生意，知道這些窮苦力，錢少胃口不小，三碗飯還有一菜一湯，他們從小菜場裏拾來菜皮，飯店裏要來「湯脚」，加上黄豆、肉皮和猪什，燒出一碗美味菜肴，讓窮漢們吃得又好吃又肚飽。

我父親在十六舖當碼頭小工時，也一定在那小飯攤裏吃飯，後來發財了，滿桌好菜，他説没味道，飯也衹吃三口，説是像吃爛泥，却懷念十六舖飯攤的黄豆湯。

衣帽物件各自小心

單身窮漢在這裏過夜

每個人都有個家，每晚回到家裏睡覺，過路客商住旅館客棧，可是那些出賣勞力的「苦力」；車夫、小販、脚夫和小工，他們很多是單身，既沒有家，連個棲身之處都沒有，到了晚上到哪裏去睡覺？

就有這種專供窮困的單身男子過夜的地方，北方叫「鷄毛店」。在坑上鋪滿鷄毛，來客脱得精光，朝鷄毛堆裏一躦，既方便，還很暖和，上海没有「鷄毛店」，有人在小弄堂或貧民窟裏造一間簡便屋，裏面放滿雙人木床，供應破棉絮和夜壺馬桶，客人過一夜付一夜錢，付了錢還被臭蟲吸去鮮血。

我父親做碼頭小工時，一定在這種「客棧」裏過夜，可是他從來不説。

皮鞋擦哦？又快又亮！

老上海講究賣相。除了衣衫外，還把你從頭看到脚。頭髮是否梳得整整齊齊，脚上的鞋襪是否干干净净，尤其是穿皮鞋的，一定要擦得鋥亮。所以，男人家出門前，第一椿事情，就是用鞋刷擦去皮鞋上的灰塵，再用抹布將皮鞋尖部分擦亮。

也有人懶惰，連這簡單而省力的勞動也不肯動手；也有單身漢家裏根本没有鞋油和刷布，就到馬路上去找擦鞋童。

抗戰以後，被稱爲孤島的租界，因人口增多，穿皮鞋的人多，要擦皮鞋的人多，於是在一些小馬路和弄堂口，就出現擦皮鞋的行當。有失業的中年男子，也有失學的孩童，他們準備好一把靠背椅，有的是舊籐椅，有的是帆布椅，給客人坐，自己有一隻長方形的木箱，箱子裏有黄、黑皮鞋油，夏天還有白粉水，有幾隻形狀不同，用處不一的刷子，和幾塊鞋布，方塊的涂油，長條的擦鞋。他們注意來往路人，凡是穿皮鞋的，都要叫着：「來，來，來，開匯鞋油，一角一雙！包你皮鞋擦亮，有賣相！」趁路人低頭觀看自己皮鞋是否要擦之際，他們就拉住你坐下，將防髒的硬紙片插進你皮鞋裏，動手就涂鞋油。

後來，他們都集中在熱鬧地帶過路行人多的地方，排成一長列。祇聽得叫叫喊喊，很是熱鬧，一個接一個客人，生意真好，可是也要給當地流氓付地盤錢。最倒霉的是：正在擦皮鞋，有巡捕來到，客人趁機不付錢走掉，被巡捕抓住，不罰款也要把你木箱敲壞，半個月生意白做。

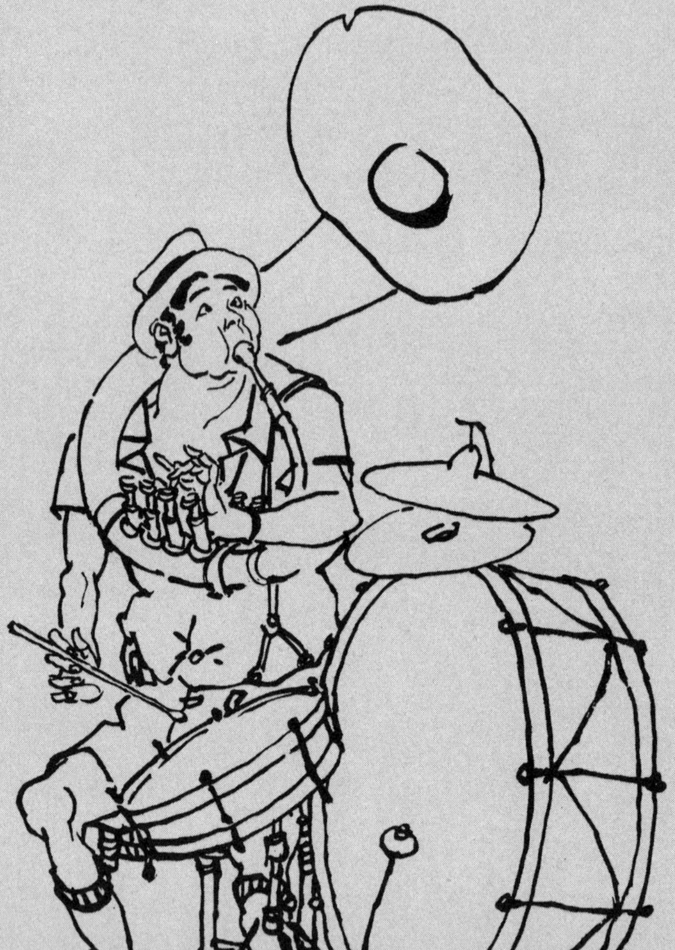

單人吹鼓手

我家馬路對面有一家賣小百貨的史餘昌，生意清淡時，就從「軍樂隊」請來一、兩個「演奏家」，在店門口，一個吹喇叭，一個敲銅鼓，從早上九點，到下午四點（中午休息一小時）吹吹打打，招徠買客。使原來已很繁雜的新聞路更增加喧鬧。這支兩人樂隊，吹奏的是二十年代的流行歌曲《毛毛雨》、《特別快車》，有時吹奏周璇唱的歌曲，使人聽了非常難受。第一天還可以，兩天以後，顧客怕煩，反而不上門。史餘昌老板付不出錢，就要求減人，吹喇叭和敲銅鼓由一個人擔當。

我每次看到這支單人樂隊，總要想起《馬路天使》影片。趙丹扮演的就是吹喇叭角色，想必他一定體驗過這種生活。

賣奶者牽奶馬鈴響穿巷過市招攬顧主，據説暑天小兒飲馬奶能清涼解暑，是一種滋補飲料，但當時余從未享用過，祇是挨鄰家買奶時作過認真的觀察，特別是馬奶出口處的乳房與母親的是否一樣？

己巳年新春正月

敦邦畫並記

猶太人當馬夫

我上小學時，母親爲我訂牛奶。我不歡喜喝，總推説時間來不及，喝了半碗，就坐車去學校。

每逢星期日，牛奶不休假，我衹得被迫喝奶。到了中午馬路上有一人牽着馬，賣新鮮馬奶。馬夫跪在地上，用手擠馬的乳房，擠出一連串白色奶汁賣給主顧。據説暑天小兒喝馬奶，清凉解熱，是一種滋補飲料。

我對馬奶和牛奶一樣不感興趣，不過我總是問母親，那賣馬奶的人住在哪裏，和馬住在一起？因爲我曾經去跑馬廳看過賽馬。馬出場時，每匹馬就有一個穿着號衣的馬夫，牽着馬在場地上先兜一小圈。然後請騎師上馬，等待比賽。比賽結束，騎師將馬交還給馬夫。馬夫們愛惜地撫摸着馬鬃，拍拍馬屁股，回進馬棚去。

我不明白：賣馬奶的馬是否跑馬廳比賽的馬？賣馬奶的是不是跑馬廳管馬的馬夫？

後來有人告訴我，跑馬廳裏雇用的馬夫，不是中國人，都是猶太人。英國人在租界開辦跑馬場後，因需要有人養馬，管馬，就雇用一些印度人和從印度、伊拉克等地流浪到上海的窮猶太人。後來印度人都調到巡捕房當巡捕；或者自己開店，當眼科醫生。無依無靠的窮猶太人就留在跑馬場當馬夫，從年輕到老年，一代接一代，代代馬夫都是猶太人。他們死後就葬在跑馬廳對面（静安寺路和馬霍路交界）的空場上。人稱「以色列公墓」。一九六〇年拆除，改爲街頭緑地。

捉「蟋蟀」

畫裏的一個老人手執一根粗鉛絲，戳起一隻隻被人丢在路邊的香烟蒂頭，放入小桶裏，人們叫他們「拾香烟屁股」，行話是「捉蟋蟀」。

我不明白：這些人把香烟屁股拾走干什麽？車夫阿二告訴我：他們除自己吸烟過癮外，把拾回去的「屁股」，把紙一一拆開，將烟絲按照香烟的樣子好壞分檔，如「白錫包」、「三炮臺」的是上檔，「吃德門」、「老刀牌」是中檔，「美麗牌」、「金鼠牌」是下檔，其他雜牌烟屬下脚貨。然後以不同的價錢賣給「做香烟」的。「做香烟」的把收買來的烟絲，放在一張香烟紙上，用黏液塗紙邊，再放在木盒機器上，一滾，一支香烟做成。會有一些窮烟鬼來買。他還喊着：「阿要回頭貨白錫包？」烟鬼們花兩個銅板吸外國烟。既過烟癮又可占便宜。

紹興人收紙錠灰

老上海多寧波幫人。他們大都信佛、信神、祭祖宗，我家每年總有不少天是祖宗的忌日，要做羹飯，燒錫箔。在八仙桌上，三面是座位，每面排四隻酒杯四雙筷和四隻湯匙：中間有十隻菜，排成方形，葷素都有，還有兩把酒壺。朝門口一面是一對插蠟燭的臘器和插香的香爐。

祭祖開始，先點燭，上香，引祖宗進門。再篩酒，然後小輩們排列叩頭。我最小，最後叩頭。過半小時後，搬上四碗白飯。再後來，在一隻舊面盆裏燒錫箔，祖宗拿到了錢，請他們出門。

寧波人對做羹飯有一句俗語：「擺擺冷，自己哽」。就是祖宗吃下來的菜（據姨媽說：鬼魂没有下巴，吃下去的東西依舊漏出來），再熱一下，給活人吃。我最感興趣的是燒錫箔，把銀色的冥錢燒成灰，而每月初一、月半，夜裏，就有人用紹興口音在弄堂裏叫喊：「收紙錠灰！」娘姨阿堂就把半面盆灰，拿出去賣，我不明白：死人的錢還可以換活人的錢？那紹興人又把紙錠灰賣到哪裏去？

長錠要哦，長錠！

每到月底，就有浦東女人來賣長錠。我姨媽總要買一串，掛在竈君菩薩神位旁。我問姨媽，她不回答。在月底那天夜裏，她就悄悄地在後門口燒掉，給過路的「野鬼」開銷。

有一次我傷風咳嗽，吃藥不靈，我姨媽和母親商量做「夜羹飯」。買來一對小蠟燭，在破碗裏盛一碗冷飯，加上一隻剥殼鷄蛋，還有一小杯酒，在大家都已入睡後，她和娘姨阿堂將這些東西放在一隻紙匣蓋裏，點燃蠟燭，放在離我家後門遠處的冷角落裏，朝空求告幾句，把一串長錠焚燒，然後回家來睡覺。這「夜羹飯」自會有小癟三搶來吃掉。

不出兩天我的病果真好了。我姨媽説是「野鬼」得了好處，不再來搗亂。

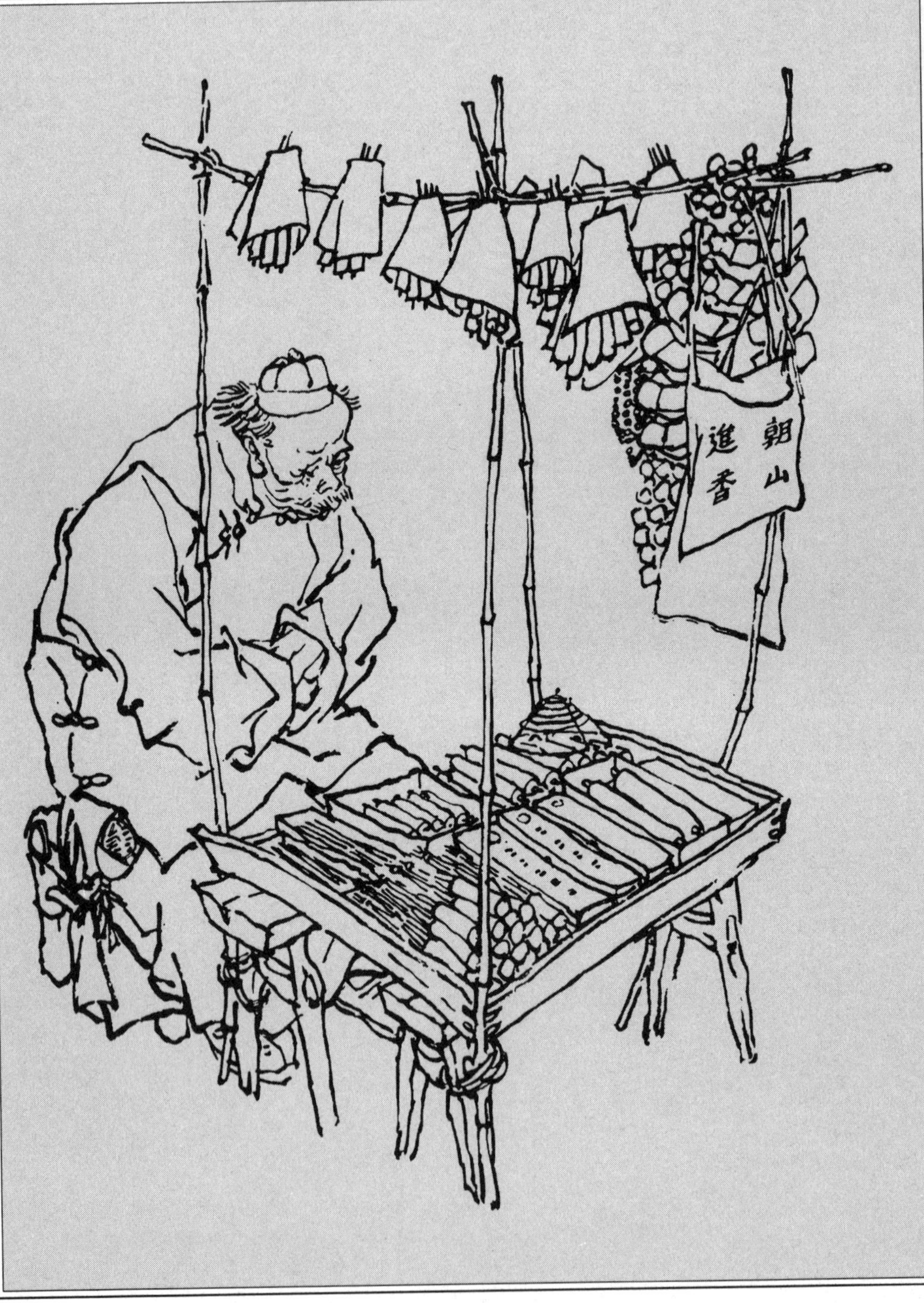
朝山
進香

香燭攤　好生意

母親到城隍廟去燒香，總要在廟門口的香燭攤買香燭，價錢比香燭店便宜，而且携帶方便。更因爲就在寺廟門口仿佛多一分仙氣。

善男信女們在菩薩面前插上燭，點上香，下跪求拜，纔回身出門，就有「香火」將你剛點燃片刻的蠟燭吹滅，扔進後面桶裏，説是拜佛的人太多，蠟燭插不下，衹能前客讓後客。

我後來聽説：城隍廟的廟主是黃金榮，他雇用的「香火」們將取下的蠟燭還爐，再做蠟燭，在門口香燭攤賣給信徒。不知是否事實？否則我冒犯神聖，罪過罪過。

OK！美國巧克力

抗戰勝利，上海馬路上多一種商品，賣主穿一件印有美國大腿女郎的彩色襯衣，還歪戴一頂美國水手的軍帽，身前堆着厚紙帛的大紙箱，紙箱上印有U.S.A. ARMY。打開箱蓋，裏面有壓縮餅乾、午餐肉、五色咖啡、巧克力、牛肉乾、口香糖等等吃的食品，賣主將午餐肉的扁圓罐敲着箱子，大聲叫着：「OK！OK！美國巧克力，軍用食品U.S.A.，美國兵自己吃勿完，我這裏一塊銀元賣一箱！便宜貨，快來買！」

好幾年沒吃到美國食品：特別是巧克力和口香糖，真是嘴饞，大家少則一箱，多則五箱買回家。這些東西來源是聯合國剩餘物資，戰爭結束，多餘下來，廉價出賣。一時成爲上海灘最暢銷的商品。

代寫書信
文王神課
算命看相
問卜測字

算命先生的江湖訣

江湖上對各種形形色色的行業，進行分門別類。以封建迷信、欺詐誘哄、騙取錢財爲生的稱爲前「四門」（後「四門」是對北方曲藝人的稱呼）。如前「四門」中包括「闖亡、算命、測字、圓光、相面，以及祝由科、賣假藥、挑牙蟲、點痣、弄幻術等。

有一句俗語：「富燒香，窮算命」。有錢人求菩薩保佑他越來越富。窮人不知道自己能不能逃過難關，哪年哪月能發財。於是請算命先生來爲自己推算。

算命也叫「排八字」，根據出生的年、月、日、時，照天干的甲乙丙丁、地支的子丑寅卯等依次排列成八個字，叫「年庚」，通俗叫「八字」。再按排成的干支所屬「五行」生克關係，起出「四柱」，來判斷人們一生的夭壽枯榮，福禍命運。這就是「算命」。除「算」本人的命運外，還對男女婚事來排算所謂冲克和諧，並以此來判斷男女婚姻的利害。

相傳「算命」始於周文王，戰國時代蘇秦與張儀的老師縱橫家鬼谷先生，著有《鬼谷子》一書。專門介紹揣摩捭闔之術，所以後世的江湖術士都自詡得之鬼谷先生的真傳。也有説是李虛中托名撰寫。李虛中是唐朝魏郡（今河北大名）人。德宗貞元年間進士，官至殿中侍御史。信奉道教長生不老之術，精通五行書。被推爲星命家之祖，自古至今，上至王公將相、下至販夫走卒，很少不信「八字」的。有的因此騙取功名，改業爲官，有的設立命館，出名致富。

有人對上海命相業作過調查：民國三十三年（即四十年代），公開營業者有五千人。有的擺攤，有的開設命館。知名的有何可人、袁樹珊、一知（手相）、姚文周、真左筆、江雲亭、毛賢慶、阿清（手相）、屠玉燕（女）、韋千里、小糊塗、楊陽明、玄真子、一介人、云游子、大不同、琴聲（女），他們有的是知識分子出身，有的是落魄軍人，多半爲生計或因身體殘疾（瞎子）而干此營生。也要背熟《大六辰課》、《文王課》，再靠「一套二哄三恐嚇」的江湖訣，見機行事，其中最有噱頭、名氣最響、生意最好的是姚文周，人們稱他爲上海灘三大「滑頭」之一。

測字先生的「觸機」

「測字」也是「江湖五花八門」中「前四門」之一。又名「拆字」。以漢字加減筆劃，拆開偏旁，或打亂

字體結構，加以拼湊組合、玩弄附會來推算吉凶。據説早在漢代已有測字。《新訂指明心法》一書記載：「唐裴晉公征吴元濟，掘地得石，文曰『鷄未肥，酒未熟』。相字者解曰：『鷄未肥，無肉也，爲己；酒未熟，無水也，爲酉，破賊在己酉。』果然。」相傳在明崇禎末年，天下農民起義，紛據四方，明王朝危在旦夕，崇禎帝朱由檢出皇宫微服私訪，在鬧市見一測字攤，上前詢問時勢凶吉，術者命報一字，崇禎報一「有」字，測字者大呼不妙：「大明江山已去一半」，因大明二字各去一半成「有」字，崇禎辯改説是「朋友」的「友」。測字者更驚叫：「反者出頭成爲『友』字。大局更不堪設想。」崇禎又急口改説是申酉戌亥的「酉」字，測字者絶望大呼：「天子號稱天下至尊，今『酉』字是上去頭，下去脚，至尊已不能成主宰天下之至尊了。」崇禎聞之，慘然而返，這是後世人在明朝滅亡後的「政治笑話」。故作神奇，無據可查。

上海街頭或廟宇前，常有人設攤，在布幔上寫「觸機」或「誠則靈」的字樣，有身穿長衫的測字先生在攤案上放有筆墨紙張，外有一長方盒，内放若干小紙卷，卷上各寫一字，令人拈取；或命來者自報一字，就以該字來推算凶吉，指點迷津，由於測字術士都是久闖社會，更能揣摩人的心理，隨機應變，憑自己的經驗，察顔觀色，又會玩弄文字遊戲，以巧言妙語應付來者，有時偶然巧合，有些符合了求者的願望，有些更是牽强附會，神乎其説，使得來者信以爲真。

友人王君，曾請我一起去爲他相親。路過新新公司，見寧波路旁有一測字攤，王君戲説：何妨一試。拆字先生請王君報字，王君抬頭見新新公司招牌，隨口説一「新」字。測字者將「新」字分開來寫，在「亲」字右邊加一「斤」字，在「斤」字下加「走」字，口稱「一見就親，一走就近。」王君大喜。興奮前往，未料前來相親的小姐俗不可耐、無法親近，頹然而返。

那些測字先生因測不出自己命運，生意不佳，就代客書寫信件，爲女傭、脚夫等代寫家信。無非是「平安無事」等等套語，倒也能糊口。

真張鐵關
太清相法
賽活仙
誠則靈
文王神課

故作神秘的「卜課」

除了算命、測字之外，還有人打出「文王神課」的招牌。有的在路邊擺攤，有的開館，自稱「張鐵口」，自比「賽活仙」，桌布上寫着「誠則靈」。他們以銅錢或銅元，爲卜課工具，爲人卜算流年命運，江湖上稱這些「鐵口」、「神仙」爲「圓頭」，是「五花八門」中的「金門」。

「文王神課」比算命、測字更玄虛和神秘，却有歷史根據和來歷。相傳古代周文王姬昌就伏羲氏所畫的三爻八卦，推演爲六爻卦，因卦而起課，故名爲「文王課」。占卜者焚香禱祝，以銅錢三枚（古時用龜殼），置入有蓋的竹筒內，以敬神的香烟熏之。然而連搖數次，再將銅錢倒出，看錢的鑄字面和背，兩背一面者爲拆（八），一背兩面者爲單（＼），三背者爲重（〇），三面者爲交（乂），是爲一爻，如此六次，即成六爻之卦，以課推斷吉凶福禍。傳説在西漢成帝時，有一隱士名嚴遵，字君平。今四川省人，卜筮於成都市，每依卦辭，教人以信義忠孝，日得百錢，足以自養，則閉肆下簾讀《老子》，著書十餘萬言，一生不願爲官。明人所撰《六壬大全》十二卷，舉例七百二十課，用以卜占吉凶。於是「文王神課」以其神秘而引人入迷。

我不信神，對卜課毫無興趣，可是想到中外人士中有人將銅板或銀洋投高落下，以其背面爲凶吉，實在與「卜課」無異。可見世人常以遊戲卜算自己的命運。

苦命的算命瞎子

窮苦人家的孩子，有的一生下來就是瞎眼，有的患眼疾，無錢醫治，變成瞎子。做父母的爲這些殘疾的孩子擔心，長大後如何求生，便在街坊鄰居和親戚朋友的介紹下拜算命先生爲師，學瞎子算命。

在老上海的算命先生開命館，要到巡捕房去捐照會，還要被當地流氓敲竹槓，而且没有名氣，誰來請你算命。於是祇得上街去兜生意，江湖上稱敲鐵板而招攬算命的爲「彎金」，稱彈弦子算命的爲「柳條金」、拉胡琴算命者爲「夾絲金」。他們因瞎眼看不見路途，總有一個六、七歲的小孩，有男有女，代替「明杖」（瞎子探路的手杖），一手拉住瞎子（也許是他父親或師父）的衣襟，一手提着小鑼，（手指間挑着小棒）邊走邊敲，叮、叮、一聲一聲。取合斷續的弦聲，令人感到無限凄凉，説不定行走竟日，也無人呼叫，今晚又要挨餓，直到天明。

我姨媽相信算命，心裏煩惱時，聽到弄堂裏傳來弦子和小鑼聲，總要呼叫瞎子進門，自報八字，還送上一杯熱茶，聽瞎子細説命運，瞎子總是好話説盡。姨媽聽了也高興，明知不準，也多給些錢，譬如做好事，看到跟瞎子來的孩子，更是歡喜，問長問短，還另外再給兩個銅板算是積德。

摧殘兒童的把戲

在街頭巷尾，能看到各種賣藝者的表演節目，可是我最不喜歡看的是江湖上稱爲「五花八門」中的「掛門」。「掛門」原是古代相傳武術，共分：鏢局、武館和流落江湖賣藝爲生。也有些學過花拳綉腿胡蒙看客的「清挂子」，他們常在我家附近長沙路小菜場旁，或新閘路醬園弄我所讀涵德小學對面的三角地攤開場子表演，他們身材高大，像有真功夫，帶領一二個兒童，敲起鑼鼓，用一根短木棍，叫兒童反手背後握住，再將短木棍往上一提，使兒童雙臂反轉向上，面向觀衆。更有甚者，又命兒童倒翻，兩臂仰卧於地，成橋形，那大人還立在兒童肚皮上，向觀衆討錢。接着，又施展殺手鐗，提起大刀，要砍兒童的頭。我每到此時此刻總是掉頭就走。

我自己是個孩童，怎能忍心目睹别的孩童受如此殘酷的傷害？

老戴此畫有孩童被殺害的場面，我曾請他删掉，現在仍舊保留，讓所有的人看看，舊社會的兒童竟有如此悲慘的命運。

化緣僧使我想起……

老戴這幅「化緣僧」的畫，使人意外。一般和尚都是善面慈目。畫裏的僧人却是粗俗犟氣、面露凶相。這使我不由得想起：二、三十年代，每逢初一、月半，總有一個「化緣僧」來到鴻福里和老戴畫裏的和尚一樣裝束，雙目垂視，不聞不問，十步一拜而過。他並不化緣，有人扔給他錢也不拾取。大家覺得奇怪，有人甚至説他是日本間諜（當時的確有日本人化裝爲和尚，到處走動，記下路標），大家聽了，一笑置之。

我又記起一九四三年，孤島已淪陷。我因參加愛國學生活動而遭日本憲兵隊逮捕。關了一夜，第二天，憲兵押我去司令部大厦三樓審問，走到一個房間前，憲兵忽然站住，在房外肅立，也不許我行動。我心顫膽怯地立在門側，偷眼望進去，看到有一個穿着僧衣的光頭和尚，背對着門，正襟危坐。桌上點燃一炷香，香烟裊繞，他面前攤着一本佛經，輕聲唸着。我感到奇怪，憲兵隊竟有佛堂？稍等片刻香支熄火，那僧人合着雙手，朝天拱拜，然後收起佛經。我看着他的背影慢慢地走入另一小間。又稍等片刻，從那小間裏走出來一個身穿軍服，頭戴軍帽的憲兵隊長，就是剛纔恭恭敬敬拜佛唸經的和尚，現在變得挺胸凸肚，滿臉橫肉的日本軍曹。他呼喝一聲，站在門外的憲兵將我推進房間，和那軍曹隔着那張他剛纔唸經的桌子，面對面坐着。他用嘶啞而粗魯的聲音命令翻譯，逼問我口供。我回答不出或有意否認時，他突然像狼一樣，從座椅上直躥起來，伸出熊掌般的手，暴力將我打倒在地，還用橡皮棍猛擊我頭，翻譯要我站起，他又將我踢倒，還面目猙獰地惡聲凶駡。剛纔大慈大悲唸經的和尚頃刻間變成煞神魔王。

這一次令人驚駭失魂的景象，我永世難忘。六十年後見到老戴這幅畫，我想他不是畫那日本曹長，可是我曾經身受酷刑，而且那人也是穿僧衣、唸經信佛的和尚，我怎麽能不聯想？怎麽會忘記？

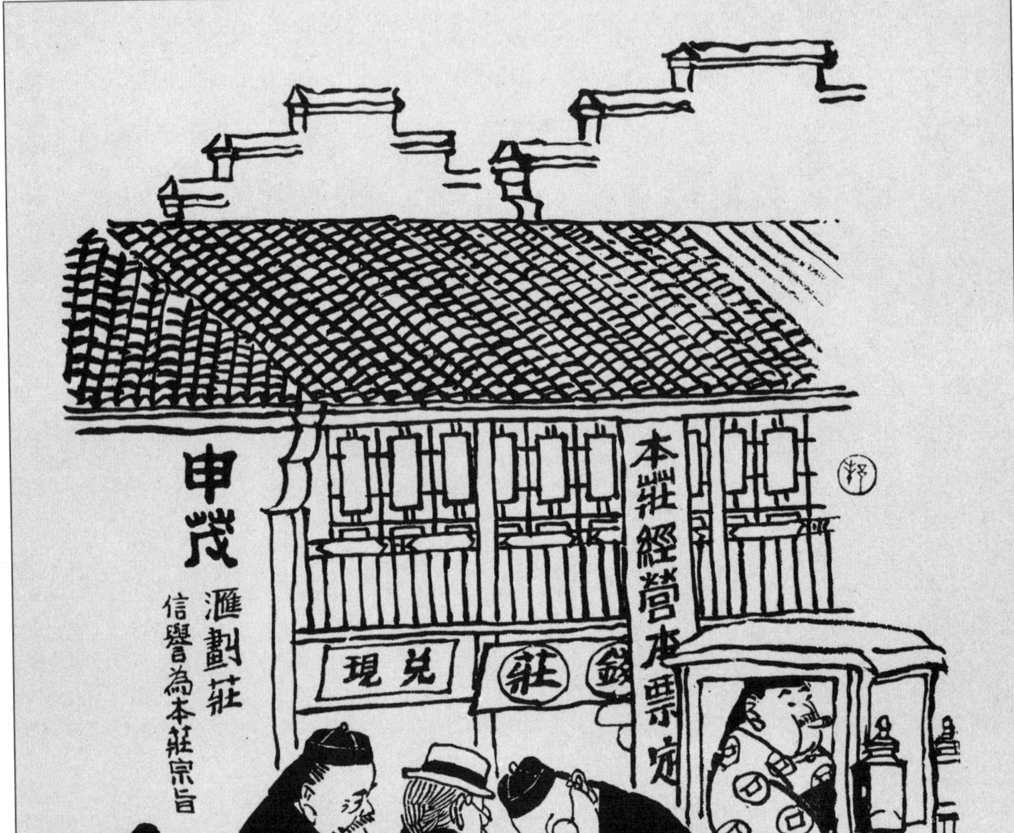
申茂
滙劃莊
信譽為本莊宗旨
兌現
錢莊
本莊經營本票定

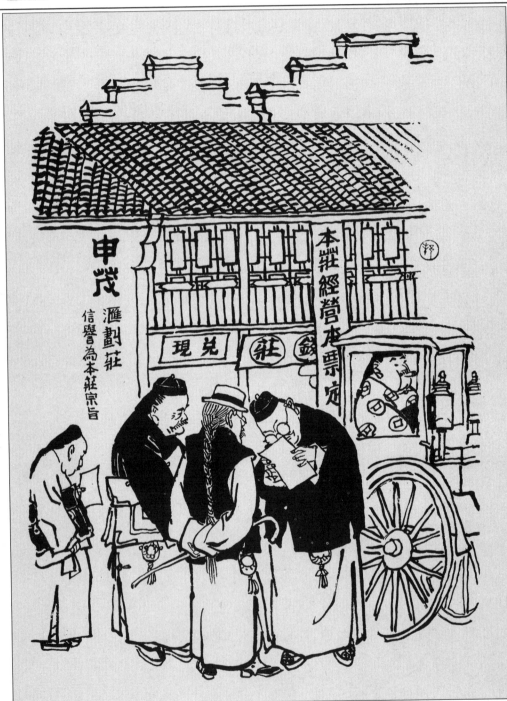

匯劃莊的興衰

明朝末年，上海商品經濟開始發達，各地商人，以數萬兩鉅款到上海收購商品，携帶現錢不便，便通過匯兑方式進行交易，到了崇禎十六年，朝廷下令户部鼓勵「兑會」，即在一地付款，憑票至另一地取款。於是上海率先設立匯劃莊，俗稱票號。

上海最早的票號，分西幫和南幫。西幫以買賣全國通商口岸的匯票爲主，並收受定期存款，但不向一般商人放款，却對官吏政府貸款。南幫票號即匯劃錢莊，在匯兑上與西幫無異，而存放款業務則與錢莊相似。

上海南幫票號中規模最大的是紅頂商人胡雪岩開辦的阜康票號，在各省都有分號及聯號，吸收公款與達官貴人的私蓄。胡雪岩利用此項資金，大量收購繭絲，以供出口，不料絲價被外國商人操縱，因此虧蝕。阜康無力支持，終於倒閉。南幫票號也從此衰落。

十九世紀中期，外國銀行在上海紛紛開辦辦理匯兑業務，擠軋中國票號。

安徽合肥李鴻章家族和蘇州洞庭東山買辦世家席氏家族合伙開設義善源票號，已受胡雪岩阜康及其他南幫票號虧蝕倒閉的影響，加上交通銀行要義善源清償往來賬款和抵押借款約二百八十萬兩，義善源無法支付而宣告停業。

辛亥革命發生後，上海市場人心惶惶。各銀行、錢莊被擠兑存款，外國銀行又緊縮拆票，西南兩幫票號衹得停業清理，從此票號在上海灘消失。

丁茂萬錢莊

金融風暴　錢莊倒閉

明末清初，上海已有錢莊業。清代乾隆年間，上海錢業中人集資在城隍廟附近的「內園」裏設立錢業公所。到嘉慶元年，已有六十四家：原來都集中南市，上海開辟租界後到北市去開設。

錢莊的業務是發「信用貨幣」，也就是「莊票」。可以代替現款在國內外貿易支付通用。外國商人也同樣收受。二是工商業放款，以十天到二十天期的「莊票」主要對紡織、麵粉、油、水泥、棉花等大行業。期內還款利息較低，期外月息高達百分之十。放款有信用與抵押兩種。其他業務有拆票、洋厘投機等。

一八五三年，小刀會起義，因戰事影響，中國進出口貿易重心由廣州轉移到上海。各戰區豪紳官僚等也移資寓居租界，外貿擴大，工業興辦，鉅款存放在錢莊，於是上海錢莊業大大興旺。

可是，在一九〇八年，外商宣稱在澳大利亞種有大量橡膠樹，創設橡皮公司，大肆招股，並暗抬股票價格上漲，由麥加利銀行承做該項股票押款，中國商人向錢莊借款，競相爭購，不料是一場騙局。股價猛跌，商人還不出借款，錢莊紛紛倒閉，許多存款的居民倒霉，這是上海第一次金融風暴，錢莊業從此衰落，爲銀行所代替。

我父親經營棉花行業時，爲了收購棉花，也需要一筆資金，一時無現款，便向錢莊信用借貸。錢莊出二十天期的莊票，兌換現款，付給棉農。然後將加工後的棉花賣給洋行或紗廠，獲利後先連本帶息還給錢莊。他的棉花號業務多，生意忙，而且時間集中，單一家錢莊不够付用，於是和幾家錢莊來往。每家錢莊都有「跑街」（英文Shruff），譯音小老虎。他們爲了接生意，逢時節都要送禮給父親的棉花號。到了新年，每年年初一特地到我家來拜年，還給我壓歲錢。我們都稱他們爲「錢莊鬼」。其中一個名叫「車鶴鳴」，外號車木人，呆頭呆腦，也不給壓歲錢，我對他印象很不好！

林園茶樓
書場
孟麗君
十美圖
文武香球

流氓打架在茶樓

我家住在泥城橋新閘路。在新閘路口坐南朝北的一排店鋪的第一家是「大觀園浴室」，朝南一排的首家是近水樓茶樓。茶館樓下門口一開間，踏上樓梯，二樓却有八間面積，可放十六隻檯子。茶客從早到黄昏，絡繹不絕。不少生意人上午在近水樓喝茶、做買賣，即「皮包水」。下午上大觀園淴浴「水包皮」，過着神仙日子。我父親是「大觀園」的股東，可很少去那裏洗澡。有時也到近水樓坐坐，與中法藥房的老板黄楚九相識，後來發覺茶樓人多閑雜，也就不去了。

新閘路一帶，有不少流氓，除了敲詐外，由於搶佔地盤或分贜不均，雙方就在近水樓「吃講茶」，甚至發生毆斗、拳打足踢。倒霉的是茶樓，杯壺横飛，桌椅砸破。茶客嚇得不付賬就逃走，「近水樓」原來生意興隆，南北聞名，就因爲流氓作亂，茶客絶跡，關門大吉。

上海茶樓很多，最出名的有能聽民俗樂器演奏的「春風得意樓」、能聽彈詞説書的「玉銘樓」和「匯泉樓」、南京路上最熱鬧中心的「日升樓」，以及曾放過電影，有「彈子房」的「青蓮閣」。此外有黄楚九辦的以生煎饅頭出名的「蘿春閣」。

十九世紀六十年代，山東拳師馬永貞，販馬到上海，憑他一身武藝，曾擊敗外國大力士史蒂夫，以勇猛著稱上海灘。後來與另一馬販子顧忠溪因買賣而結冤，在英租界一樂天茶樓吃講茶，一言不合，顧忠溪暗中串通斧頭黨，將馬永貞砍傷，當場死亡。這是震動上海灘的一場流氓在茶樓行凶案件。

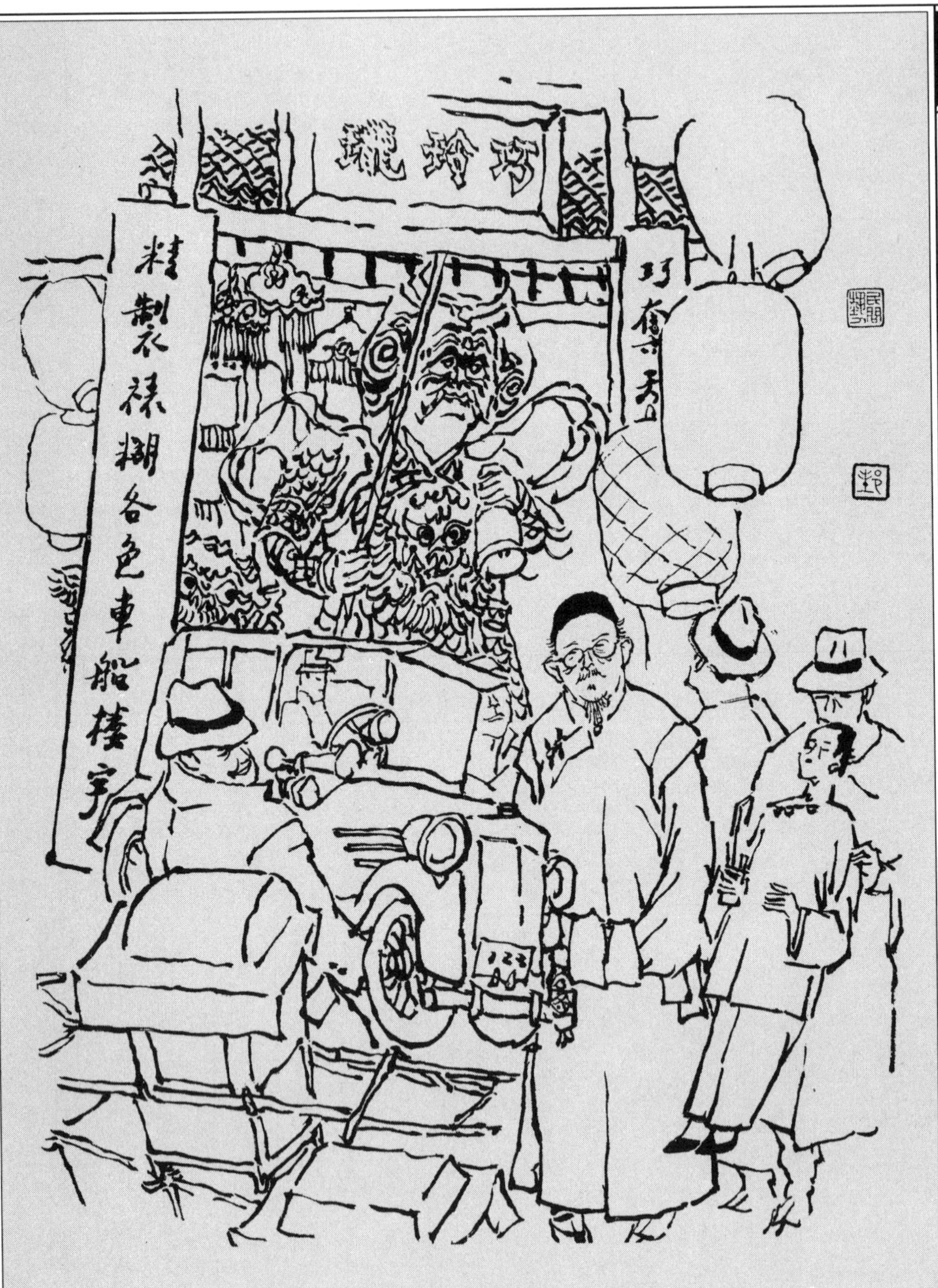
巧玲瓏
精製衣裱糊各色車船樓宇

巧玲瓏紙扎燈世界

人們有婚喪儀禮和歲時習俗，都用紙扎的用品或紙人，作爲慶典紀念。如婚事中的大紅燈籠、喜慶窗花；喪儀中紙扎的陪葬品，祭竈時用的竈轎、竈元寶和接財神的財神元寶，等等。這些專經營紙扎品的作坊稱爲「扎紙作」，又叫「紙玲瓏」。作坊老板雇用一批能工巧匠，他們有一套好手法，扎神扎鬼活像煞。還能扎出各種花燈和紙頭傢俱。人們因工匠的巧手，便將紙玲瓏改稱爲「巧玲瓏」。

每年正月十五，母親總讓我到城隍廟去買兔子燈過元宵。我看到廟前和九曲橋旁都掛滿兔子燈、元寶燈、宮燈、走馬燈。買回來，點上蠟燭，一面朝前拉，一面回頭看，其樂無窮。清明時節上墳，少不了紙器，祭祀祖宗。七月半，鬼節打醮，家裏姨媽教我的姊姊做紙衣，下午二支鬼隊在馬路上遊行而過，領先的是鬼王，跟着黑、白無常，夜叉小鬼，都是紙扎，但也嚇人。大家一面燒紙衣，一面叩頭，求太平。八月十五，過中秋節，家裏一定要到蠟燭店去買「香斗」，香斗上插着彩色紙錢，城隍廟廟會，更是熱鬧，紙扎的菩薩鬼神浩浩蕩蕩。九月重陽，糕上也要插紙旗。到了歲底臘月，送竈君老爺上天，我跟着姨媽到巧玲瓏買來紙轎，將竈神請上轎，火燒升天。總之，一年四季，都有節日、習俗，人們都要去「巧玲瓏」買紙器。老板依靠神鬼，生意興隆。

「巧玲瓏」最大的生意，是有錢人家死人，大出喪。隊伍前一對紙扎的丈把高的「開路先鋒」，紙人紙馬和各種冥器傢具乃至汽車，加上紙花和孝子拿的「哭喪棒」，不下一、二百件，「巧玲瓏」賺死人銅錢。

猶太地產大王哈同死後，沒有大出喪，但在花園裏舉行盛大的喪禮。最令人注目的是，哈同的中國妻子羅迦陵爲了讓丈夫死後享福，要全上海巧玲瓏合作，用彩紙扎成一座和哈同花園一模一樣的紙扎花園。我父親去參加葬禮，親眼看到，嘆爲觀止。更令人吃驚的是，按照猶太風俗，死者的妻子在丈夫死後七日內，如不殉節或死亡，則遺產可歸她所有。羅迦陵不敢出房門，怕被人暗算。到葬禮的最後一夜，紙扎花園必須燒掉，隨哈同靈魂而去。羅迦陵見到火光，懷疑有人要燒她的樓房，謀財害命，就拼命大叫，幾乎發瘋。直到紙扎的假花園全燒成灰，她纔安心接受遺產，得到了價值連城的真花園。

嫒
洋
白
蓉
芙
水
丹
牡
香
碧
小金玲
花園阿九
花
庭
後
妃
楊
含香
一枝花
梅
玉
王
紅珍
香妹

花國四大金剛

上海有兩條出名的里弄，一條是會樂里，一條是羣玉坊。前者建於一九二四年，後者晚兩年。會樂里位於西藏中路與雲南中路之間，南臨福州路，有主弄，左右四條橫弄，弄門爲簡式牌坊，每條橫弄有七幢樓房，共二十八幢石庫門一堂兩厢的樓房。羣玉坊位於汕頭路、雲南中路、廣東路之間，共二十六幢樓房。所以出名，是因爲這兩條弄堂都開設妓院。每家妓院門口都將妓女芳名寫在大門口的燈罩上，到了夜裏，燈光齊明，令人眼花繚亂。自有狂蜂浪蝶的嫖客相約齊來荒唐風流。打扮得花枝招展的妓女，淫聲穢語接待客人，更有三、兩妓女，坐了「野鷄包車」去「出堂差」，招摇過市，這兩條弄堂的四圍成爲二十年代上海灘的風化區。

上海妓院有「么二」和「長三」（也稱書寓）之分，這是租界工部局制訂妓女收費標準而起名。凡白天陪客收費大洋（銀元）一元，夜間二元（夜資費另議）的概稱「么二」。在上海方言中「么」和「二」是「低」和「小」的意思。故「么二」堂子裏的妓女都屬低等妓女。凡白天和夜間一律收費三元的，稱爲「長三」。

十九世紀末二十世紀初，有以寓所裝飾的「書寓」，在虹橋、老城厢一帶，標榜「賣藝不賣身」，侑酒陪笑，唱曲作樂，屬高等妓院。

書寓出身的妓女有四大金剛：林黛玉、陸蘭芬、金小寶、張書玉。林黛玉原是童養媳，隨婆婆到上海爲傭，逃離後入書寓爲妓。她善於談論，又會唱曲，亦優亦娼，後嫁顔料大王爲妾。陸蘭芬，蘇州人，容貌秀麗，有外國攝影師將她照片携帶回國稱爲「中國美人」。平時結交文人學士，出入都穿西式禮服。金小寶原在蘇州下塘唱戲，後到上海惠秀里爲書寓，豪爽慷慨，樂於助人。後入上海城東女學就讀，工於繪畫。辛亥革命後嫁人。張書玉，揚州人，父爲沙船船工。母吸毒，將她押進上海寶善街百花里妓院。曾幾度嫁人，曾隨夫去美國，回國後定居北京。

這四位名妓曾於一八九七年被《遊戲報》評爲花界「四大金剛」。她們目睹青樓姊妹生前受辱死後受屈，就倡議募捐，爲已故姊妹作歸殯葬身之地。義冢地址在龍華寺旁，有一牌樓，上題「羣芳義冢」。她們四人自己各有較好歸宿，而「義冢」因年久失修，荒蕪不堪而消失。

黄楚九辦大世界

上海灘最大的游樂場「大世界」，創辦人是黃楚九。他原來經營西藥，開中法大藥房，出品「艾羅補腦汁」、

「人丹」、「百齡機」、「人造血」、「戒烟丸」等藥品而發財致富。他又對游樂事業感興趣，曾在南京路新新舞臺屋頂辦露天游樂場「樓外樓」。後來又與地產大王經營潤三合開過「新世界」。此外，他還與人合股開辦醫院、香烟廠、飯店、酒樓、茶館、布店、茶葉舖、服裝、旅社、營造廠、戲院、報館，以至公墓。總之，一個人從生到死，衣食住行、吃喝玩樂，他全包了。上海人稱他爲「百家經理」。他自己最得意也是別人最眼紅的是他的「大世界」。

「大世界」坐落在「法租界」愛多亞路（今延安中路）西藏路口，一座乳白色扇形的四層高樓，樓頂中央豎起塔形尖頂，面臨十字路口，敞開石柱大門。門票便宜，買一送一。進場後憑贈券七折買他的烟廠出品的香烟和中法藥房藥品。大門有「哈哈鏡」，從鏡子裏看到自己怪相，哈哈大笑。從底層到樓上有雙層回廊式水泥天橋，還有「大世界十景」，像人間仙境。最吸引人的是每層幾個場子演出地方戲曲，有京戲、昆曲、紹興文戲、獨脚戲、灘簧、北方曲藝、評彈、揚劇、文明戲、歌舞團、變戲法、武術團、羣芳會和可以連看的電影場。總之，游客進門，樂而忘返，價廉而滿意。每天游客少則八千，多則兩萬，開門一天，賺錢一千。自從「大世界」開辦後，八仙橋興旺，成爲法租界熱鬧中心。

「百家經理」被稱爲上海灘「滑頭」商人。上海話裏的「滑頭」是指好作狂言、言過其實，也有活絡得抓不住他的意思。黄楚九就是會動腦筋、能想噱頭。他最大的本事是做廣告擴大宣傳。「大世界」成了他推銷商品的市場。他在「大世界」附近開「日夜銀行」，一元錢可開户，車夫、女僕都來存款，大世界藝人每月所得包銀再存進日夜銀行，回到黄經理的腰包。

百家經理生意越做越大，心也越來越貪，就在大世界底層辦證券交易所，又要辦輪船公司，還在南陽橋一帶大造房子。結果一九三一年，日軍在中國東北肇事，眼見將爆發一場戰爭，加上當年世界經濟衰退，上海灘市面一片混亂，黄楚九買的船不能進口，房屋没人租，交易所又大蝕本，又逢他疲勞過度而生重病，於是謡言四起，説百家經理破産，日夜銀行倒閉，大世界關門。他死後，大出喪那天，千萬被害銀行存户，包括大世界藝人，等在門口，阻攔喧鬧。黄楚九家屬聞訊，立刻引送葬隊伍在小路上走掉。

温故而知新

——舊上海百業衆生圖結集再版有感（代後記）

每當吾去市裏開會從車内張望那曾居住生活過四十八年的老街、老弄堂以及老石庫門的老屋。這些近百年的老屋宇似乎與今天日新月異的上海現代都市已經格格不入了，這看似即將要散架的房舍結構正在吃力地支撑着超負歲月的重擔，這種低矮的老房子實在與時下上海林林總總的高樓大厦成了視覺上特别顯現反差的景觀，難以想象吾當年這個堂堂男子漢是如何蜷縮在這裏生活、創作乃至娶親生子繁衍後代的，但確確實實吾在這個環境裏一呆即近半個世紀了。吾没有唸過多少書更没進過高等學府，但吾就在這個上海灘一隅的法租界與中國地界的交接邊緣處，獲得種種在正規課堂學不到的學問和知識，使吾至今在頭腦的信息庫中，貯存著無數當時的形象資料，吾繪製的一系列舊上海的百業或衆生相就是兒時親身感受的再現。記得在二十年前出版了吾的《新繪舊上海百多圖》（由魏紹昌先生箋注）流傳到臺灣後，引起了當年隻身漂流去了臺灣遊子們的思念與鄉愁。其中有位成了吾的好友，他當時見到這本畫册時認定作者是個耋耄老人，而且他每年在過春節時都要繪製一幅老上海的街區圖，見到了吾繪製的舊上海百多圖更是慰藉他遥思家鄉故土的記憶，當他第一次回上海見到吾時彼此都啞然一笑，品味着淡淡的苦澀。

吾對逝去的記憶清晰而具體，無疑成爲自己繪製舊上海的系列，乃至去年創作長篇連環畫《大亨》的資本。兒時吾細緻觀察生活的能力現在看來是一種幼功。在偌長的時間裏吾對這個法國租界名稱的貝勒路與杜神父路與之周邊的康悌路與萊市路之間，在這個範圍裏的一切其實即是舊上海灘充斥着下三流衆生相的大雜燴的所在地。但也正是這同一地方，又是一塊孕育了上海新美術的發祥地。就在吾居住的貝勒路（後改名爲黄陂南路）上的恒慶里有一石庫門人家，是丁悚與丁聰先生父子二代的住處，也是當年上海最早的漫畫家聚集地，編輯最早的上海漫畫雜誌，因此當年中國漫畫的先驅巨擘張光宇、葉淺予都住在恒慶里内。就在這弄口走出百餘步轉彎處即是劉海粟先生所創建上海美術專科學校的新址。這所新美術的高等學府彙集當時中國的頂級的美術人才，同時又是新潮流與革命思想的温床，當時的蔡若虹先生就是該校的學生（後來一直是中國新美術界的領頭人）。他每天上學必經的路綫都是吾以後上小學的必走之路。

數十年之後他對吾説還記得當年吃包飯作老板娘所烹的荷包蛋，吾認爲這片嘈雜不堪的環境，確乎是能滋養或成就一名藝人的沃土。吾注定成不了一位學院派的畫家教授，又當不了宮廷畫院畫師，吾却是名稱職的民間藝人，辛勤的勞作，並不能爲自己塗抹上光彩。吾能所作的一切是藝術家和畫院畫師所不爲的、也可能爲不了，現實就給予吾這塊生存的土壤。吾時時耕耘着……默默的期盼着。

這些昔日零星時間所繪的舊畫稿均是上個世紀八十年代與九十年代的東西，這些老紙片却是吾塵封的記憶。現在能湊集一起多少有些對逝去歷史的追思，温故而能知新，對時下年輕人根本不知什麽叫上海灘和十里洋場爲何物者更有比對，哦！這就是老上海吧！有此一句話也算這個集子已起到該有的作用了吧！

在結束這個小記時，特别有幸再次與吾摯友沈寂先生聯手合作。老沈比吾年長，加之他有特殊家庭的背景和傳奇的人生經歷，對過去的歷史都能具體而仔細的如數家珍，看似他在説一個個老故事，其實多半是他曲折或痛苦經歷的叙述。他是本活字典，所以該稱他爲國寶的，吾的畫祇能再次充作他豐富經歷的配圖而已。

戴敦邦　於滬上漕河側畔

乙酉年元宵後一日窗外春寒冷雨不止

圖書在版編目(CIP)數據

老上海小百姓/戴敦邦繪;沈寂編文.—上海:上海辭書出版社,2005.8

ISBN 7-5326-1879-X

Ⅰ.戴… Ⅱ.①戴…②沈… Ⅲ.中國畫:人物畫—作品集—中國—現代 Ⅳ.J222.7

中國版本圖書館 CIP 數據核字(2005)第 081640 號

老上海小百姓

出版發行：世紀出版集團
上海辭書出版社
地　址：上海陝西北路四五七號
郵　編：二〇〇〇四〇
網　址：www.ewen.cc　www.cihai.online.sh.cn
印　刷：上海圖宇印刷有限公司
開　本：七八七×一〇九二　一六開
印　張：三四·五
插　頁：二
字　數：一〇〇〇〇〇
版　次：二〇〇五年八月第一版
印　次：二〇〇五年八月第一次印刷
印　數：一—五一〇〇
書　號：ISBN 7-5326-1879-X/K·344
定　價：五〇圓